Bianca™

Rendición inocente
Sara Craven

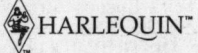

Editado por HARLEQUIN IBÉRICA, S.A.
Núñez de Balboa, 56
28001 Madrid

© 2009 Sara Craven. Todos los derechos reservados.
RENDICIÓN INOCENTE, N.º 1992 - 14.4.10
Título original: The Innocent's Surrender
Publicada originalmente por Mills & Boon®, Ltd., Londres.

Todos los derechos están reservados incluidos los de reproducción, total o parcial. Esta edición ha sido publicada con permiso de Harlequin Enterprises II BV.
Todos los personajes de este libro son ficticios. Cualquier parecido con alguna persona, viva o muerta, es pura coincidencia.
® Harlequin, logotipo Harlequin y Bianca son marcas registradas por Harlequin Books S.A.
® y ™ son marcas registradas por Harlequin Enterprises Limited y sus filiales, utilizadas con licencia. Las marcas que lleven ® están registradas en la Oficina Española de Patentes y Marcas y en otros países.

I.S.B.N.: 978-84-671-7936-1
Depósito legal: B-6829-2010
Editor responsable: Luis Pugni
Preimpresión y fotomecánica: M.T. Color & Diseño, S.L.
C/ Colquide, 6 portal 2 - 3º H. 28230 Las Rozas (Madrid)
Impresión y encuadernación: LITOGRAFÍA ROSÉS, S.A.
C/ Energía, 11. 08850 Gavá (Barcelona)
Fecha impresion para Argentina: 11.10.10
Distribuidor exclusivo para España: LOGISTA
Distribuidor para México: CODIPLYRSA
Distribuidores para Argentina: interior, BERTRAN, S.A.C. Vélez Sársfield, 1950. Cap. Fed./ Buenos Aires y Gran Buenos Aires, VACCARO SÁNCHEZ y Cía, S.A.
Distribuidor para Chile: DISTRIBUIDORA ALFA, S.A.

Capítulo 1

BUENO –Natasha Kirby miró alrededor de la mesa–. ¿Va a decirme alguien qué ocurre? ¿Qué hago aquí? ¿O voy a tener que adivinarlo?

–Hermana, hacía mucho que no nos visitabas. ¿Es que tiene que haber un problema para que te invitemos a una pequeña fiesta familiar? –contestó Andonis tras un incómodo silencio.

–No –admitió Natasha–. ,Pero suelo venir en primavera y a principios de otoño para ver a tu madre. Las invitaciones en otros momentos no son de última hora, ni tan apremiantes –dijo, seca–. Y no parece que estéis celebrando nada.

Más bien al contrario, el ambiente era de velatorio. Y aunque la comida había sido excelente, su plato de cordero favorito, al horno con tomates, ajo y orégano, la conversación en la mesa había sido tensa y escasa.

Incluso Irini, la más joven de los tres hijos del difunto Basilis Papadimos, había estado más callada de lo habitual. Como si estuviera controlando su hostilidad hacia su hermana de acogida inglesa. Eso en sí había sido un alivio...

«Hay problemas, lo sé», suspiró para sí.

Los conocía a todos muy bien, desde niña. Desde que Basilis, un hombre enorme como un oso que había sido amigo de su padre, Stephen Kirby, había aparecido tras su súbita muerte y se la había llevado a su palaciega casa en las afueras de Atenas, ignorando las protestas de las agencias de protección de menores de Londres.

—Soy su padrino —había argüido con fiereza—. Para un griego eso implica una responsabilidad de por vida. Stephanos sabía que acogería a su hija como si fuera mía. No hay más que hablar.

Cuando el millonario dueño de la naviera Arianna hablaba así, era mejor obedecer.

La señora Papadimos la había recibido con gentileza, le había dicho que la llamara tía Theodosia y le había ofrecido un pañuelo aromatizado con sándalo cuando empezó a llorar.

Los hijos de la casa, Stavros y Andonis, la recibieron con alegría; sería otra víctima femenina de sus bromas, igual que Irini.

Pero Natasha y la chica griega, sólo dos años mayor que ella, no habían creado ningún vínculo. Desde el principio, Irini le había negado la típica hospitalidad griega. Natasha comprendió que estaba resentida por su llegada al hogar de los Papadimos y siempre la consideraría una intrusa impuesta por su padre.

Por desgracia, la actitud de Basilis no había mejorado las cosas. Natasha, a pesar de su juventud, percibió que Irini dedicaba su vida a conseguir la atención de su padre, sin éxito. Basilis era amable con ella, pero mucho más distante que con sus hijos y que con Natasha, a quien trataba con mucho afecto.

Irini podía comportarse como un ángel o como un diablillo vengativo, pero a su padre le daba igual. Así que, al no tener incentivos para portarse bien, solía elegir la otra opción.

—Y pensar que su nombre significa paz —había comentado Stavros un día, tras una pataleta de gritos y portazos–. Tendía que llamarse Hecate de las Tres Cabezas, porque aúlla como un perro, muerde como una serpiente y parece un caballo.

Había sido castigado por el comentario, pero Natasha sabía que Andonis y él utilizaban el apodo en secreto para atormentar a su hermana.

Al ir creciendo, Natasha se había preguntado por qué tía Theodosia, que debía de saber la razón de las lágrimas, pataletas y mal humor de Irini, no intervenía señalándole a su marido la disparidad en su tratamiento de sus hijos.

Tal vez fuera porque la señora Papadimos tenía su propia batalla que librar. Siempre había parecido frágil y triste, a la sombra de su vibrante esposo. Pero desde la muerte de Basilis, dos años antes, parecía estar alejándose de la vida familiar. Vivía en su propia ala de la villa con Hara, su devota acompañante y enfermera.

No había asistido a la cena de esa noche, seguramente porque Stavros y Andonis no querían hablar de negocios delante de ella. Las esposas de ambos, Maria y Christina, sí estaban presentes, pero se las veía inquietas y sus sonrisas parecían forzadas.

Natasha suspiró para sí. O les daba la pauta o estarían allí toda la noche.

–Bueno, dejemos las cortesías y vayamos al grano. Supongo que me habéis convocado para discutir los problemas de la naviera Arianna.

–No hay nada que discutir –dijo Irini, con mirada de basilisco–. Ya hemos tomado decisiones. Tú sólo tienes que aceptarlas y firmar.

Natasha se mordió el labio. En su testamento, Basilis había decretado que su hija de acogida formara parte de la junta directiva de Papadimos, con derecho de voto y con salario, igual que el resto de la familia. Ella había rechazado el dinero y rara vez asistía a las reuniones de la junta directiva, pero empezaba a arrepentirse de lo último.

La naviera había sufrido varios percances en los últimos meses.

Una intoxicación alimentaria había afectado a dos tercios de los pasajeros del *Arianna Queen*. La tripulación del *Princess* se había amotinado por el retraso en el pago de salarios. Había habido muchas quejas en el crucero inaugural del *Empress*, el nuevo buque insignia, por problemas de carpintería y fontanería.

La flota de carga tampoco se libraba: un petrolero había embarrancado, con el inevitable vertido de crudo y un buque se había incendiado.

Natasha había leído las noticias con horror, consciente de que nada de eso habría sucedido si Basilis estuviera vivo y al mando. Poco antes del infarto había comentado su intención de modernizar toda la flota y sus motores.

Ella suponía que sus planes habían sido ignorados tras su muerte. No la habían consultado al respecto; ella habría luchado con uñas y dientes para cumplir los deseos de Basilis.

Pero Stavros y Andonis no solían hacer caso a nadie, y menos a las mujeres. En eso se parecían a su padre, que opinaba que el puesto de la mujer estaba en el dormitorio, no en los negocios. Había dejado atónita a Natasha cuando la convocó, al cumplir los dieciocho, para comentarle los planes que tenía con respecto a su futuro matrimonio.

Por lo visto, su pelo rubio, piel cremosa y ojos verdes habían atraído la atención de varios jóvenes ricos del círculo social de los Papadimos. A ninguno le importaba si tenía o no cerebro, la consideraban una esposa trofeo.

Basilis, magnánimo, había dicho que le permitiría elegir a uno y que no se casaría con las manos vacías porque iba a añadir una cuantiosa dote al fidecomiso que su padre le había dejado.

Natasha había estado a punto de estallar en carcajadas. De repente se había convertido en la soltera de la temporada, si no del año.

Había tardado horas en convencer a Basilis de que ella tenía su propia visión de futuro, que no incluía el matrimonio, al menos en unos años. Y de que su futuro marido tendría que respetar su inteligencia y libertad.

Horas de reproches y gritos. Horas resistiéndose al sutil chantaje emocional que utilizó cuando la ira y las súplicas fallaron. Y horas repitiéndole que lo quería mucho y le estaría eternamente agradecida por haberla acogido.

Le explicó que ella llevaría las riendas de su destino y que estaba segura de que residiría en Inglaterra, no en su país adoptivo. Se había callado que sería Irini quien necesitaría sus dotes de casamentero, no ella.

Con esfuerzo, volvió al momento presente.

–Ya veo –dijo–. ¿Podríais explicarme qué es lo que esperáis que firme, exactamente?

–Es sólo una pequeña negociación –respondió Stavros, conciliador–. Para darnos tiempo.

–Si es tan trivial, ¿por qué me habéis hecho venir? –lo miró con dureza–. Podríais haber enviado los documentos a mis abogados de Londres –hizo una pausa–. Tengo un negocio que dirigir, como bien sabéis.

Irini rezongó con desdén. Stavros y Andonis alegaron que los asuntos de familia, era mejor tratarlos en persona, sin la presencia de abogados.

–Ay, Dios –masculló Natasha para sí. Las cosas debían de ir mucho peor de lo que temía.

Finalmente, sus hermanos de acogida desgranaron la historia, turnándose como el coro de un antiguo drama griego de Esquilo o Sófocles.

Era una tragedia de mala gestión, avaricia y estupidez a gran escala, que auguraba ruina. Las compañías aseguradoras exigían respuestas, los accionistas tenían miedo y, por primera vez, el antes poderoso imperio de Basilis se tambaleaba.

–Estamos dando pasos para regularizar la situación. Para empezar, pensamos reformar todos los camarotes de la línea de transporte de pasajeros Arianna –anunció Stavros con orgullo, como si hubiera sido idea suya.

–Eso está bien –Natasha se mordió el labio. «Mejor tarde que nunca», pensó para sí.

–El problema es que está resultando difícil conseguir financiación –apuntó Andonis.

Natasha sabía que Basilis había reservado dinero para ese fin y se preguntó dónde estaba. Si pretendían pedirle un préstamo, iban a sufrir una decepción. Te Ayudamos, el negocio que había iniciado con su herencia, iba bien; tenía una nueva socia y planes de expansión.

Mucha gente recurría a ellas para solucionar complicaciones. Para que alguien paseara a su perro, recogiera a sus hijos del colegio, cuidara de su casa en vacaciones o echara una mano a los ancianos de la familia. Y en casos graves de accidente, enfermedad o fallecimiento, querían que alguien sereno y de confianza se ocupara de la comida, la colada y la estabilidad del hogar hasta que todo volviera a su cauce.

Te Ayudamos tenía muy buena reputación y la mayoría de sus clientes venían recomendados por otros; se sorprendían al descubrir que tanto Molly Blake como ella tenían sólo veintiún años.

La empresa les proporcionaba ingresos suficientes para vivir bien. Sus tarifas, sin ser desorbitadas, no eran económicas. Empleaban a buenos trabajadores y pagaban buenos sueldos.

–Desde luego, estamos explorando todas las opciones –siguió Stavros–, y esperamos conseguir el préstamo muy pronto. Pero, entretanto, tenemos que ocuparnos de otro problema.

Todos se estremecieron levemente, como si una brisa fría hubiera recorrido la mesa.

–Por desgracia, otra gente se ha enterado de nuestras dificultades –intervino Andonis–. Y donde hay sangre, hay tiburones. Se rumoreó que algunos de nuestros rivales consideraban una absorción hostil, lo que ya era más que malo.

–Hasta hace dos semanas –farfulló Stavros–, cuando recibimos una oferta para la compra de la mitad tanto de Arianna como de la flota de carga.

–¿Y lo consideráis un problema, en vez de una posible solución? –preguntó Natasha, cauta.

–Fue un insulto –Andonis golpeó la mesa.

–¿Lo dices porque ofrecían una miseria? Eso suele ocurrir en la primera toma de contacto.

–No. Era una cantidad justa –rugió Stavros.

–Y podría mejorar –sugirió ella, tentativa–. Si cabe alguna negociación, podría ser la respuesta.

–No –Andonis miró a su hermano. Su ira era palpable–. No viniendo de quien viene.

Natasha tomó aire. Rezó para que no se tratara de otro episodio de la eterna contienda familiar. Pero sabía que su oración no serviría para nada.

–Resumiendo, es la Corporación Mandrakis –musitó. Observó que todos se estremecían, como si hubiera dicho algo obsceno–. Todo eso tendría haber quedado atrás, ahora que Basilis ha muerto y Petros Mandrakis se ha jubilado.

–Eres tonta si crees eso –escupió Irini–. Su lugar lo ocupa su hijo, Alexandros.

–¿Alex Mandrakis? –cuestionó Natasha, incrédula–. ¿El playboy adorado por las columnas de cotilleo? –resopló–. A juzgar por su reputación, le interesa más hacer el amor que la guerra. Además, seguramente cree que Arianna es una cuadra de caballos de polo, o algo así.

–Puede que antes fuera así –Andonis hizo una mueca–. Ahora dirige el imperio Mandrakis.

–¿Por cuánto tiempo? ¿Hasta que empiece la temporada de esquí en los Alpes o el *Harén Flotante* inicie su crucero de verano? –se burló Natasha, usando el apodo que la prensa rosa le había puesto al *Selene*, el yate de los Mandrakis –movió la cabeza–. Nadie cambia tanto, hermano, pronto se aburrirá del papel de magnate y volverá a su antigua vida.

–Ojalá pudiéramos creerlo. Pero nuestras fuentes aseguran que es digno hijo de su padre y, por tanto, temible –aseveró Andonis.

–Hijo de su padre –repitió Natasha. Deseó poder decir lo mismo de los dos hombres que tenía ante sí. Contuvo un suspiro.

–Es tan enemigo nuestro como lo fue su padre, o más –intervino Irini–. No parará hasta acabar con la familia Papadimos, nos dejará en la ruina.

–No exageres –Natasha apretó los labios–. Stavros acaba de admitir que ha ofrecido un precio justo por parte de ambas flotas.

–Porque sabe que no aceptaremos –dijo Andonis–. Antes la ruina.

Natasha se calló su escepticismo ante eso.

–Sin embargo –anunció Stavros, triunfal–, hemos comentado su interés en los bancos, haciendo ver que estamos considerando la oferta.

–¿Por qué? –Natasha frunció el ceño.

–Porque una sociedad con Alex Mandrakis es una excelente garantía para un préstamo. Una licencia para imprimir dinero –aclaró Andonis–. Ya se ha notado un cambio de actitud.

–De hecho, recibimos una oferta de financiación en cuanto explicamos nuestras condiciones para formar sociedad, que ya le hemos presentado a Alex Mandrakis –Stavros sonó orgulloso–. Ésa es la táctica para ganar tiempo que mencioné antes, hermanita. Él las rechazará al final, sin duda. Pero de momento está intrigado, e incluso nos ha pedido ciertas garantías.

–Queremos hacerle creer que es un trato genuino y que estamos dispuestos a olvidar el pasado –explicó Andonis–. Pero no es así, Natasha. Cuando lo descubra ya tendremos el préstamo y él no nos hará falta.

–No me gustaría amargaros, pero podría no ser tan fácil –arguyó Natasha–. ¿Y si el banco exige su firma para cerrar el trato?

–Es improbable. La naturaleza del acuerdo es muy delicada y el banco no querrá presionar a ninguna de las partes –afirmó Stavros con demasiada seguridad para gusto de Natasha.

–No creo que los bancos actúen con delicadeza cuando hay en juego sumas considerables. Por muy fiable que sea la Corporación Mandrakis, la reputación de Papadimos en el último año ha caído en picado. Se estarían arriesgando mucho.

–No lo verán así –dijo Stavros–. No si creen que

nuestras familias quedarán unidas por algo más que un mero acuerdo financiero.

–Me he perdido –Natasha lo miró con fijeza.

–Hemos sugerido otra clase de sociedad –Andonis sonrió–. Un matrimonio entre familias. Y él lo está considerando.

Natasha miró a Irini. Comprendió su malhumor y sintió lástima por ella. Era bastante ofensivo ser ofrecida, en serio o no, a alguien como Alex Mandrakis, sabiendo que, en última instancia, sería rechazada.

Ser aceptada sería incluso peor. Nadie en su sano juicio desearía casarse, por negocios, con un hombre que ignoraba lo que era la fidelidad y que cambiaba de mujer como cambiaba de traje.

Casi todo lo que sabía de él se basaba en los cotilleos de las revistas, pero lo había visto una vez en una recepción en Atenas a la que asistió con su amiga Lindsay Wharton.

–Caramba. No mires ahora, pero acaba de entrar una de las maravillas del mundo, con una modelo, como es habitual –había susurrado Lin–. Alex Mandrakis: el epítome del atractivo sexual.

Natasha había pensado que Basilis no la habría dejado asistir a la fiesta si hubiera sabido que el hijo de su archienemigo estaría allí. Lo miró.

Era altísimo y muy elegante. Tenía un rostro inolvidable, con rasgos marcados, desde la nariz picuda al hoyuelo de la barbilla, pasando por una boca cuya mejor descripción era «pecaminosa».

Él había clavado en ella unos ojos oscuros como la noche. Sus labios se habían curvado mientras la evaluaba, desnudándola con la mirada. Natasha se había ruborizado hasta las cejas y, horrorizada, le había dado la espalda.

Dejó los recuerdos y volvió a concentrarse en el presente.

—Si se ha convertido en «Don Negocios», sabrá que es un truco. Irini nunca se ha callado su opinión sobre la familia Mandrakis.

Siguió un extraño silencio. Los hermanos se miraron sonrientes. Casi jubilosos, de hecho.

—¿Irini? —Stavros negó con la cabeza—. Aunque lo hubiera permitido, no seríamos tan tontos. La esposa que le hemos ofrecido a Alex Mandrakis eres tú, Natasha *mu* —sonrió de oreja a oreja—. ¿Qué te parece? ¿Inteligente, no?

Capítulo 2

¿INTELIGENTE? –clamó Natasha–. ¿Inteligente? Es lo más ridículo que he oído en mi vida. Está claro que os habéis vuelto locos.

Recibieron su comentario con gélida frialdad. Maria y Christina se miraron afrentadas por la falta de respeto hacia sus maridos.

–Natasha, lo que te pedimos es algo muy sencillo –Andonis se inclinó hacia ella–. Sólo tienes que firmar una carta para Mandrakis, diciendo que estás dispuesta a convertirte en su esposa. ¿Tan difícil es? Te juro que no aceptará. No quiere casarse –se encogió de hombros–. ¿Por qué iba a hacerlo cuando hay tantas mujeres bellas dispuestas a compartir su cama sin compromiso? Tiene unos treinta años. Puede que se case dentro de diez o quince años, para tener un heredero, si encuentra a una mujer que aún lo acepte.

–Tranquila. No le atraerán tu pelo claro y tu piel blanca. Se diría que no tienes sangre en las venas –Irini se rió con desdén–. ¿Qué hombre iba a desearte? Con Mandrakis estarás segura.

Natasha recordó los ojos oscuros que habían recorrido su cuerpo de diecisiete años y el comentario de Lin: «Dicen que hace el amor en cuatro idiomas. ¿No está para morirse?»

Contuvo, con esfuerzo, las ganas de decirle a Irini que en Londres salía con un hombre que la encontraba más que deseable. Por fin entendía la ausencia de tía Theodosia, ella no podía estar al corriente de esa idea de pesadilla.

—La seguridad no entra en la ecuación. Me niego a participar en esta locura. Que quede claro.

—Sinceramente, hermana, me entristece tu falta de gratitud hacia la familia que te crió —se lamentó Stavros—. Esta carta es una formalidad, nada más. Él espera recibirla, y mucho depende de ella.

—Creí que querías retrasar las cosas, hacerle esperar —replicó Natasha, cortante.

—Lo hemos hecho —dijo Andonis—. Pero ahora se impone un gesto que avive su interés —soltó una risita—. Que lo mantenga dulce.

—Dudo que «dulce» y «Alex Mandrakis» tengan cabida en la misma frase —Natasha se levantó y fue hacia las puertas de cristal que daban al jardín—. No deberíais haberme metido en esto sin consultarme —dijo—. No teníais derecho.

—¿Qué mal puede hacer? —exigió Andonis—. No habrá boda entre Mandrakis y tú, te lo juramos. Sólo tienes que decir que aceptas los términos que proponemos. Darle algo en que pensar —la miró suplicante—. El que una chica a quien nunca ha visto se le ofrezca, halagará su vanidad. Puede que nuble su juicio a corto plazo, provocando un retraso esencial para la prosperidad de la familia Papadimos, que tú compartirías, Natasha *mu* —hizo una pausa—. Recuerda eso y también que mi padre te acogió como a una hija. Tal vez sea hora de que recompenses su generosidad con la tuya.

—Tu padre no habría hecho un trato como ése —arguyó ella, fría—. Odiaba demasiado a los Mandrakis como para ofrecerles un simulacro de paz.

«Y Alex Mandrakis sí me ha visto, aunque dudo que lo recuerde», pensó para sí.

–Es verdad –aceptó Stavros–. Pero Alexandros quedará como un tonto cuando consigamos el dinero y rechacemos su oferta. Quedará mal con sus accionistas, directivos y, sobre todo, con su padre. El viejo Petros no lo perdonará por caer en nuestra trampa –resopló–. Y si demostramos que es vulnerable, tal vez otros enemigos suyos se revuelvan contra él. Eso haría muy feliz a mi padre y lo sabes, hermana.

Natasha lo sabía. En todo lo referente a los Mandrakis, Basilis había carecido de lógica y razón. No habría desperdiciado la oportunidad de hacerles daño. Sin embargo, la idea de Stavros y Andonis podía ser una espada de doble filo; no parecían haber tenido en cuenta que Alex Mandrakis podía tener un plan similar.

–Bueno. Si no hay más remedio, en honor a vuestro padre, firmaré la carta –hizo una pausa–. Pero sigo creyendo que es una idea pésima.

Mas tarde, en la cama, pensó que, además de la carta, otro montón de documentos relativos a la refinanciación habían requerido su firma. Stavros y Andonis apenas habían podido ocultar la alegría por su capitulación. No le había resultado difícil rechazar un brindis de celebración alegando que tenía un vuelo a primera hora y necesitaba descansar.

El sueño se resistía porque estaba convencida de que había cometido un terrible error. Deseó poder bajar al despacho y destruir la carta a Alex Mandrakis. Pero estaba en la caja fuerte, con los demás documentos, y desconocía la combinación.

Ya no había vuelta atrás. Lamentó no compartir la

fe que tenían Maria y Christina en la perspicacia de sus maridos.

Había estado tentada de contárselo todo a tía Theodosia cuando fue a verla antes de acostarse. Pero había encontrado a la anciana en el sofá, con un libro en el regazo y la mirada perdida y triste. Así que había pasado un rato con ella, animándola con anécdotas sobre los clientes más excéntricos de Te Ayudamos. Al marcharse, como siempre, le había pedido su bendición. Tenía la sensación de que iba a hacerle falta de verdad.

Se consoló pensando que todo le parecería mejor cuando estuviera de vuelta en Inglaterra, tras pagar su deuda con los Papadimos. Londres era su mundo real: el piso que compartía con Molly, cuyo prometido estaba de viaje, su empresa y, últimamente, Neil.

Cerró los ojos y pensó en Neil. Se habían conocido seis semanas antes, en el lanzamiento del libro de un autor cuya vida se había convertido en un caos cuando hospitalizaron a su esposa embarazada por problemas de tensión arterial, y quedó solo a cargo de dos niños y de la casa.

Natasha había restablecido el orden en su hogar, proporcionándole tiempo para acabar su libro y tres comidas al día. Había seguido al mando cuando la futura madre regresó a casa con órdenes de reposo absoluto, y se había alegrado cuando el bebé llegó al mundo sano y salvo.

Neil, alto, atractivo y encantador, era ejecutivo de la empresa de relaciones públicas que utilizaba la editorial. La había rescatado cuando la vio entrar en la fiesta, titubeante, buscando a James y Fiona entre la gente. No había pasado toda la velada con ella porque estaba trabajando, pero le había sugerido que cenaran juntos algún día.

Lo habían hecho al día siguiente. Desde entonces, salían con regularidad.

–Dime, ¿es el hombre? –había inquirido Molly hacía unas noches, cuando Neil dejó a Natasha en casa y se marchó tras tomar café–. ¿Por fin vas a dar el salto hacia el sexo?

–Crees que estoy loca por hacerle esperar tanto, ¿verdad? –Natasha se había sonrojado.

–No creas. Lo de hacerse la estrecha parece estar funcionando. Cuando te rindas, sabrá que lo haces convencida –Molly había sonreído–. Pero eres más dura de lo que yo lo fui con Craig.

–Puedes culpar a mi educación. Según tía Theodosia, el sexo antes del matrimonio no existe. Cualquier desliz conduciría a la vergüenza, la desesperación y la miseria.

–Mala suerte para la novia si luego resulta que su marido es pésimo en la cama.

–¿Cómo iba a saberlo ella? Además, también me enseñaron que todos los hombres griegos son amantes fabulosos.

–Es un consuelo –había aceptado Molly–. Pero, ¿nunca sentiste la tentación de comprobar esa teoría?

–No. Ni una sola vez –le había contestado.

Natasha se removió en la cama. Inquieta, se levantó y salió al balcón. No soplaba ni la más mínima brisa y se oía el canto de los grillos. La calidez de la noche caía sobre Atenas como una manta. La luna llena colgaba en el cielo como un enorme globo plateado, iluminando la piscina.

Se sentía pegajosa y acalorada. Todos los dormitorios tenían escalera de bajada a la piscina, pero las contraventanas estaban cerradas y no se veía ninguna luz. Todos dormían.

Stelios, el guarda, había pasado haciendo su ronda hacía un cuarto de hora, lo había oído. Ya estaría en su habitación, bebiendo café y vigilando las pantallas de las cámaras que había en cada entrada y en el perímetro de la casa.

Además, no había cámaras enfocando a la piscina. Maria y Christina habían alegado que sería una intrusión de su intimidad y Basilis, con desgana, había aceptado no ponerlas.

Natasha decidió que un baño la relajaría. Agarró una toalla y bajó a la piscina. Una vez allí, se quitó el camisón y, desnuda, metió el pie en el agua. Con un suspiro de placer, se sumergió y nadó un rato; luego se tumbó de espaldas y flotó a la luz de la luna. Ya relajada, suspiró feliz y salió de la piscina. Se retorció el pelo para escurrirlo y se secó con la toalla.

La sorprendió que los grillos hubieran callado, pero supuso que había sido culpa suya. Se puso el camisón, agarró la toalla y volvió a su dormitorio. Minutos después, dormía plácidamente.

–Lo siento –dijo Neil–. Pensé que pasar un fin de semana juntos sería el paso siguiente, pero está claro que me equivocaba.

–No –Natasha puso una mano sobre la suya–. No es por ti... Soy yo.

–Dios, esa excusa no, por favor –la miró– Tasha, no eres la misma desde que volviste de Grecia hace tres semanas. Has estado callada, evasiva. No consigo acercarme a ti. Pensé que estar juntos unos días, a solas, nos ayudaría.

–Es posible. Lo será –tomó aire–. Pero tengo problemas familiares. Muy graves.

—Los navieros millonarios no tienen problemas. Se compran otra flota de barcos.

—Por desgracia, en este caso la flota que se compra es la nuestra –dijo Natasha con voz queda–. Llevo días leyendo rumores en la prensa y rezando porque fueran falsos. Pero esta mañana sugerirían que la propuesta de refinanciación de los hermanos Papadimos ha fracasado y que la flota Arianna y la flota de carga han sido adquiridas por Holding Bucéfalo a un precio irrisorio.

Natasha soltó un gruñido.

—Sabía que no funcionaría. Se creían muy listos, pero se han metido en un buen lío. Su padre debe de estar removiéndose en la tumba. ¿Por qué no me han informado antes de que se publicara?

—Seguramente han estado demasiado ocupados intentando salvar algo del naufragio –sugirió Neil. Frunció el ceño–. ¿Bucéfalo no era un caballo?

—Sí –Natasha tomó un sorbo de vino–. Pertenecía a Alejandro el Grande.

—Que lleva miles de años muerto –señaló Neil–. Igual que su caballo. No es una amenaza.

—A no ser que tenga su homólogo moderno. O alguien que cree serlo –Natasha sonó amarga.

—¿Por qué te afecta? –se sorprendió él–. Siento la pérdida de tu familia, pero nunca has querido involucrarte en sus negocios.

—Y no quiero. Y ya no será posible, supongo, excepto porque tendré que ir a Atenas a firmar papeles. Aun así, no puedo darles la espalda del todo; me preocupa tía Theodosia, que estará devastada. He telefoneado, pero no contestan.

—Habrán descolgado el teléfono, para ocultarse al mundo. No puedes culparlos –razonó Neil.

–Claro que puedo –Natasha suspiró–. En fin, ya no hay nada que hacer. Se acabó.

–No si tienes que volver a Grecia. Pero después, tal vez tendremos tiempo para nosotros.

Ella se dio cuenta de lo considerado que estaba siendo y de lo distante que había estado ella últimamente. Hizo un esfuerzo para librarse de los pensamientos que llevaban semanas oprimiéndola.

–Puedes contar con ello –le sonrió.

El correo electrónico requiriendo su presencia llegó una semana después. Provenía del bufete de abogados encargado de la transacción con Holdings Bucéfalo. Solicitaba sus datos de vuelo para que la recogieran en el aeropuerto.

Era breve e iba al grano, a diferencia de los que había recibido de Stavros y Andonis, llenos de acusaciones y justificaciones. Requería toda su paciencia leerlos, por no hablar de contestarlos.

Como siempre, la culpa era de cualquiera menos de ellos. Además, ignoraban sus preguntas sobre el estado de su madre. Se consoló pensando que pronto podría comprobarlo ella misma.

–Siento irme habiendo tanto trabajo, Molly –se disculpó, mientras preparaba su bolsa–. No volverá a ocurrir. A partir de ahora sólo iré a visitar a tía Theodosia, durante mis vacaciones.

–No te preocupes –le ordenó Molly–. Podemos pasar sin ti veinticuatro horas; ve y haz lo que tengas que hacer. Espero que no sea muy horrible.

–Lo será –Natasha movió la cabeza–. Me cuesta creer que el colapso haya sido tan rápido. No sé qué ocurrirá con la plantilla. Hay familias enteras de trabajadores –suspiró–. Tío Basilis siempre se enorgulleció de eso.

–Seguirán con los nuevos propietarios. Al fin y al cabo, los barcos tienen que seguir navegando.

–No necesariamente con nuestras tripulaciones Esos idiotas tendrían que haber hecho la paz, no la guerra, con el maldito Alex Mandrakis –Natasha cerró la bolsa–. Si hubieran aceptado su oferta inicial, tendrían algo. Pero querían engañarlo.

–Vi su foto en el periódico el otro día –comentó Molly–. En un estreno, con su última chica. Es guapísimo, pero parece peligroso.

–No te equivocas nada –rezongó Natasha–. Ha ganado –se puso una chaqueta gris oscuro, a juego con la falda. Ropa ejecutiva, para una reunión de negocios–. Casi lo siento por Maria y Christina. Seguro que no esperaban esto, tras sus lujosas bodas –sonrió–. Apuesto a que ya no tratan a sus maridos con tanta devoción. Con un poco de suerte, estarán haciendo de su vida un infierno.

Agarró la bolsa y puso rumbo al aeropuerto.

–Estaré de vuelta en un suspiro –le había dicho a Neil, cuando se ofreció a llevarla en coche.

–Contaré las horas –había contestado él, abrazándola y dándole un beso apasionado.

A ella eso la había inquietado. Mientras tomaba un zumo de naranja, en el avión, comprendió que se debía a que él esperaba que a su vuelta se convirtieran en amantes.

–Ay, Dios –masculló para sí. «No te acobardes de nuevo. Esta vez no. Neil te gusta, puede que estés enamorándote de él. No lo sabrás si no te entregas, aunque sea de la forma más básica».

El problema era que, como le había confesado a Molly, su educación la había condicionado mucho. Para tía Theodosia, Don Perfecto llegaba con una alianza en el bolsillo y era respetuoso y consciente de que la virginidad era parte de la dote que una mujer llevaba al altar. La horrorizaría que ella ignorase ese estricto código moral, por mucho que fuera anacrónico.

Natasha se preguntó si, tras abandonar Grecia, había seguido la norma sexual por tradición o porque nunca se había sentido lo bastante tentada para romperla. De hecho, no sabía si Neil era una tentación suficiente.

Pensó en Molly y Craig que, tras conocerse en una fiesta y acostarse juntos, habían tardado semanas en comprometerse y esperaban a que Craig acabara su contrato en Seattle para casarse. Su obligada separación temporal se regía por cartas, mensajes y llamadas diarias.

Se dijo que tal vez ella fuera distinta. Lenta y pausada. Hasta el momento Neil había aceptado su ritmo, pero no duraría. Ya le había ocurrido con otros novios, que se habían hartado de esperar. Percibía que él quería que fueran como cualquier otra pareja y que, cuando Molly y Craig se casaran, fuera a vivir con él.

Por supuesto, él desconocía su inexperiencia. Tal vez ése fuera el problema, su miedo a lo desconocido, a descubrir si era «buena en la cama», un criterio común para juzgar a la gente.

«Dicen que hace el amor en cuatro idiomas...»

Se enderezó, sobresaltada por recordar lo que había dicho Lin. No tenía sentido, excepto porque Alex Mandrakis había provocado la caída de sus hermanos y era el causante de su viaje a Atenas.

Sin duda, hablarían de él, y no poco. Pero al menos no tendría que verlo en persona, enviaría a alguno de sus lacayos. Eso la consoló un poco.

Se encendieron las luces que indicaban el inicio del aterrizaje. Decidió dejar el tema de Neil y su vida amorosa para otro momento. Las siguientes veinticuatro horas requerirían de ella un coraje muy distinto y toda su concentración.

Nada, ni nadie, podía distraerla.

Capítulo 3

NATASHA llegó a Atenas en mitad de una tormenta. Cuando salió de aduanas, vio a un hombre fornido y trajeado que alzaba un cartel con su nombre. La saludó con cortesía, agarró su bolso de viaje y la condujo a una limusina blanca, con chófer uniformado incluido.

El aire era húmedo y cálido, agobiante. Se alegró de haberse recogido el pelo.

Ocupó sola el asiento trasero del lujoso coche; su escolta se sentó junto al chófer. Natasha se recostó y se dedicó a escuchar los truenos y contemplar la lluvia que caía a mares.

Pensó que, sin duda, los abogados añadirían el coste del trayecto a la factura y que un taxi habría resultado mucho más barato, pero menos cómodo. Cerró los ojos y dejó de pensar. Estaba casi dormida cuando notó que el coche se detenía.

No le apetecía nada ver a su familia. Alguien abrió la puerta. Había un hombre con un paraguas enorme y supuso que era Manolis, el mayordomo de los Papadimos. Iba a saludarlo cuando se dio cuenta de su equivocación; era un extraño y la llevaba hacia una casa desconocida para ella.

—No —dijo, en griego—. Ha habido un error. Debería estar en Villa Demeter.

—No hay error. Éste es el lugar correcto —dijo el hombre que la había recogido en el aeropuerto, uniéndose al otro. Le hicieron entrar en un enorme vestíbulo con una imponente escalera de mármol.

Natasha ni miró a su alrededor. Estaba demasiado enfadada e intentaba recordar el nombre del abogado para quejarse cuando se solucionara el embrollo. Entretanto, a pesar de sus esfuerzos por liberarse, los dos hombres la condujeron escaleras arriba, a una galería.

–¿Qué es esto? –exigió–. ¿Dónde estoy?

Silenciosos, se detuvieron ante una doble puerta y el hombre del aeropuerto llamó y abrió. No la empujaron para que entrara, exactamente. Pero se encontró avanzando mientras ellos retrocedían. La puerta se cerró a su espalda.

Era una habitación muy grande, pero Natasha sólo se fijó en la cama, iluminada por lámparas altas, como un escenario. Iluminaban también al hombre que había en la cama, recostado en almohadas blancas, desnudo pero cubierto hasta la cintura por una sábana. Trabajaba en un ordenador portátil que tenía ante él.

Tranquilamente, Alex Mandrakis cerró el ordenador, lo dejó en la mesilla y la miró.

–Ah, por fin llega la belleza prometida –dijo con voz suave y un acento inglés casi perfecto.

A ella se le cerró la garganta cuando, de nuevo, esos ojos oscuros la recorrieron de arriba abajo. Esa vez, la franca admiración de su mirada dejó entrever, además, algo inquietante.

Natasha dio un paso atrás y él sonrió.

–¿Qué ocurre? ¿Por qué estoy aquí? –preguntó, ronca.

–Te ofreciste a mí. Por escrito –alzó un musculoso hombro–. Estoy aceptando tu oferta.

–Era mentira y lo sabes tan bien como yo –Natasha lo miró desafiante–. No simules que creíste por un momento que me casaría contigo –le dio la espalda y fue hacia la puerta–. Me voy.

Giró el pomo, pero la puerta no se movió.

–Pierdes el tiempo –dijo él, divertido–. Está cerrada con llave y seguirá así hasta mañana.

–No puedes impedir que me vaya –protestó–. No sé a qué estás jugando, pero no tengo intención de convertirme en tu esposa. Ni ahora ni nunca.

–En eso, al menos, estamos de acuerdo –farfulló él–. No habrá boda, Natasha *mu*. Y eres tú quien está jugando, no yo –hizo una pausa–. Y no lo digo por tu segunda carta, que me prometía todo tipo de placeres íntimos que pocas mujeres solteras se atreverían a mencionar, y menos a un posible futuro esposo.

–¿Segunda carta? –repitió ella, horrorizada–. No hubo una segunda carta. Y me presionaron para firmar la primera. Debes de estar loco.

–Eres una hipócrita, y eso me decepciona. Esperaba que una chica capaz de describir con tanta franqueza sus deseos y fantasías sexuales, mostraría más valor ante el objeto de su... deseo.

–No eres objeto de nada, Mandrakis, excepto de desagrado –le espetó Natasha–. Creía que mis hermanos eran los reyes de la arrogancia y la presunción, pero tú les ganas por la mano.

–Y seguiré haciéndolo, en todos los sentidos. Puede que te arrepientas de haberme escrito –torció la boca–. Pero yo no. Y aunque nunca te haya visto como futura esposa, estoy deseando disfrutar de tu versatilidad como amante. Por eso estás aquí esta noche, para compartir mi cama.

Ella se quedó sin aire. Incrédula, miró los anchos hombros y el torso ensombrecido por vello que se estrechaba en hilera, descendiendo hacia el vientre. La piel morena contrastaba con las níveas sábanas. No quiso imaginar qué habría bajo ellas.

–¡Preferiría morirme! –gimió.

–Lo dudo –alzó las cejas con ironía–. Al fin y al cabo fue idea tuya.

–Ya te he dicho que no hubo una segunda carta –protestó ella con desesperación.

–Tengo la evidencia que demuestra que mientes –dijo él con calma–. En eso, eres igual que el resto del clan Papadimos. Unos tramposos que os arrepentís cuando os descubren –hizo una pausa–. Pero tus hermanos se arrepentirán mucho más; tendrán que soportar la vergüenza de saber que me perteneces como amante y te devolveré cuando me canse, usada. Tal vez embarazada. Ése será un golpe final al honor de la familia del que nunca se recuperarán –concluyó con dureza.

–No puedes hacer eso. Nadie lo haría. Es bárbaro y vil. ¿Crees que lo permitiré? ¿Que no te denunciaré por secuestro y violación?

–¿Secuestro? –Alex Mandrakis movió la cabeza–. Aceptaste mi invitación y dejaste que mi chófer te trajera aquí. No hubo gritos ni forcejeos en el aeropuerto. En cuanto a la violación, no te creerían. Haría pública tu carta y ningún juez me condenaría por aprovechar los servicios que ofreciste libremente.

–Yo digo que eres tú quien miente. No creo que esa carta exista.

Él suspiró y se inclinó para abrir un cajón de la mesilla. La sábana se movió y Natasha desvió la mirada. Cuando Alex Mandrakis se enderezó tenía una carpeta en la mano. Sacó dos hojas de papel.

–En ésta, la primera, aceptas convertirte en mi esposa como parte del mítico pacto entre familias. ¿Aceptas que existe?

—Sí. Lo admito.

—En esta otra esbozas propuestas alternativas a nuestra unión —sonrió con sorna—. La firma es idéntica en ambos documentos, como ves.

—No lo entiendo —murmuró ella.

—¿Quieres que te refresque la memoria? El tercer párrafo es especialmente inventivo —empezó a leer en voz alta. Natasha lo interrumpió.

—Oh, Dios, para, por favor —arrebolada de vergüenza, se tapó los oídos.

—Veo que sí te acuerdas —guardó las hojas.

—¿Me crees capaz de pensar esas cosas y encima escribirlas? —Natasha se estremeció—. ¿De degradarme de tal manera?

—¿Por qué no? Nadas desnuda por la noche, sin preocuparte de quién pueda verte.

—Yo no... —enrojeció al recordar la única vez en la que había sucumbido a esa tentación—. ¿Insinúas que hiciste que me vigilaran?

—No. Lo hice yo mismo.

—Pero, ¿por qué?

—Por si tus hermanos decían lo del matrimonio en serio. Quería refrescar mi memoria y saber qué se ofertaba, así que organicé una visita a tu dormitorio cuando dormías —al ver su expresión de horror, alzó la mano—. No, nada más, *agapi mu.* Y ni siquiera hizo falta eso, saliste y te observé desde las sombras.

—Es imposible. No podrías haber entrado al jardín. Hay cámaras y una patrulla de seguridad.

—Las cámaras se pueden apagar. Y los guardas mal pagados aceptan sobornos. Cuando supe que te habían convocado, hice mis planes —sonrió—. Y mi recompensa fue muy agradable.

En silencio, Natasha intentó recomponerse. Rezó

para que no se tratara más que de una pesadilla. Dos horas antes había estado en el avión, debatiendo si sería inmoral acostarse con Neil y ahora tenía que enfrentarse a... esto.

La tormenta seguía en pleno vigor y deseó que un rayo cayera sobre la casa y la salvara.

—Vieras lo que vieras cuando me espiaste —dijo, por fin—, yo no escribí esas cosas. Y tú no me deseas. Si cumples tu amenaza, sólo será otra forma de vengarte de mi familia —bajó el tono de voz—. Tengo una vida en Inglaterra. Amo a un hombre. Y tú también sales con alguien. No tienes por qué hacer esto. Te suplico que me dejes irme.

Inspiró profundamente para darse valor.

—Les diré a mis hermanos que el avión se retrasó y no les contaré lo ocurrido aquí. Te lo juro. Nadie lo sabrá nunca. Y te lo agradeceré el resto de mi vida.

—Tus hermanos esperan que llegues mañana, para la reunión —dijo él con voz suave—. Quiero que sepan lo nuestro, Natasha *mu*. Y que imaginen lo que no pueden saber.

—No soy tu Natasha.

—Pero lo serás. Tu vida me pertenecerá hasta que decida lo contrario. ¿No lo he dejado claro? —le sonrió—. Sin embargo, suplicas con pasión. Espero que seas igual de intensa cuando nos entreguemos al placer y te demuestre que sí te deseo, y no sólo por venganza —quitó dos de las almohadas sobre las que se apoyaba y las puso a su lado—. Ya hemos hablado bastante. Ahora, preciosa, es hora de que vengas a mí. Desnúdate.

—No —protestó con fiereza—. No lo haré.

—¿Prefieres que te ayuden mis hombres? —enarcó las cejas—. Sólo tengo que llamarlos.

—¿Es que no tienes ni un ápice de decencia?
—Sólo cuando hace falta —encogió los hombros—. A juzgar por tu carta, en tu caso no es así. Hasta podría gustarte que te desnudaran dos desconocidos. No me hagas esperar —añadió—. No tiene sentido simular pudor.

Natasha nunca se había desnudado ante nadie, ni siquiera había visto a un hombre desnudo. Pensó que tal vez la ventana no estuviera cerrada y podría saltar. Pero se arriesgaría a romperse un brazo o una pierna. Estaba atrapada.

—¿Podrías apagar la luz, al menos? —preguntó, lamiéndose los labios resecos.

—No. Empiezo a impacientarme —la escrutó con sus ojos oscuros—. Puedes empezar soltándote el pelo. Lo prefiero suelto.

Ella supo, por instinto, que no tenía opciones. Las lágrimas, su última recurso, tendrían tan poco efecto como sus súplicas. No iba a rebajarse más; se concentraría en sobrevivir.

Nunca había entendido la contienda entre las dos familias ni había sido parte de ella. Le parecía ridículo que hombres adultos se persiguieran implacablemente. Pero eso había cambiado; Alex Mandrakis se había convertido en su enemigo y algún día pagaría por esa noche.

Mientras se quitaba las horquillas del cabello, se juró que le haría arrepentirse de haber nacido.

—Es como una cascada de oro. Sigue.

Ella se quitó la chaqueta y los zapatos. Se dijo que él no podía tocar su yo real, que hiciera lo que hiciera no llegaría a ella. Aguantaría lo que tuviera que aguantar hasta que la dejara marchar.

Empezó a desabotonarse la blusa con dedos temblorosos. En cuanto él descubriera que no podía cumplir sus sofisticadas exigencias sexuales, que era inexperta, no la desearía más.

Cuando todo acabara y le hubiera hecho sufrir tanto como él la estaba haciendo sufrir en ese momento, dejaría atrás la vergüenza y la traición y reconstruiría su vida en Inglaterra.

No sería igual, por supuesto. Neil no querría saber nada de ella cuando descubriera lo ocurrido. Y si Alex Mandrakis cumplía su amenaza de tratarla como a una amante en público, sin duda, Neil se enteraría y sufriría por ello.

Algún día se lamentaría por lo que podría haber sido la vida que estaba destrozando el hombre que la contemplaba desde la cama. Por el momento tenía que simular que Alex Mandrakis no existía, que estaba sola en su piso de Londres preparándose para acostarse, como cualquier noche. Se desabrochó la falda y la dejó caer al suelo, como el resto de las prendas.

Si no lo miraba, no sabría que él la estaba mirando. Ésa sería su primera línea de defensa. Habría otras, pero no podía luchar contra él físicamente, perdería sin duda. Además, él era lo bastante decadente como para disfrutar del forcejeo y subyugarla; no quería darle placer.

Sería mejor dejarse hacer, con una actitud de resistencia pasiva. Obedecer sin devolverle una caricia o un beso por voluntad propia. Justo lo opuesto a lo que él esperaba.

Aun así, le costó un gran esfuerzo quitarse la ropa interior. Se consoló pensando que ya la había visto desnuda, aunque ella no hubiera sido consciente de ello. Dejó los brazos colgando, sin cubrirse, para demostrar indiferencia ante su escrutinio y esperó a que dijera algo, lo que fuera.

—La luz de la luna no mentía, Natasha *mu* –dijo él por fin–. Tu cuerpo es exquisito –apartó la sábana y le indicó que fuera hacia él.

Natasha se acercó lentamente a la cama; él la esperaba tumbado de costado, apoyado en un codo. Comprendió que él no iba a poner fin al juego y sintió pánico al pensar en lo que estaba por llegar. Su único consuelo era pensar que un día ella también le arruinaría la vida.

Además, si su falta de respuesta lo decepcionaba lo bastante, todo acabaría pronto y no se repetiría. Se tumbó a su lado y fijó la vista en el techo. Sentía un nudo en el estómago. Su primera vez tendría que haber sido con un hombre que la tratara con ternura y consideración.

Iba a ser poseída por un enemigo de su familia, que la desdeñaba y no creía en su virginidad. Se mordió el labio inferior al recordar lo que le había leído de esa vil carta. Si esperaba que ella le hiciera eso, se moriría.

Cuando sus nervios estaban a punto de estallar, Alex Mandrakis le apartó el cabello de la frente, lo enrolló en su mano y se lo llevó al rostro para olerlo. Era lo último que había esperado y, a su pesar, lo miró con sorpresa. Él sonreía.

Inclinó la cabeza y posó sus labios sobre los de ella, acariciándolos suavemente y llevándola a entreabrirlos para acogerlo en su boca.

Resultó una tentación, no la brutalidad que había esperado de él. Durante un instante, Natasha notó un cálido cosquilleo en el estómago y comprendió que debía alzar la guardia.

Cerró los ojos, apretó los labios y se quedó inmóvil. Pero él se acercó más y sintió la calidez y el aroma almizclado de su piel envolverla como una burbuja embriagadora. Poco después, la insistente y sensual presión en su boca se detuvo.

—Mírame —ordenó él. Lentamente, ella alzó las pestañas y lo miró con frialdad—. ¿Besar no está incluido en tu repertorio? —preguntó, curioso.

—Tal vez no desee besarte a ti, Mandrakis.

—Ya había pensado en esa posibilidad— murmuró él—. ¿Y tampoco vas a usar mi nombre de pila? —puso una mano en su seno y frotó el pezón, que se tensó, a pesar de Natasha—. Resulta extrañamente erótico, dadas las circunstancias.

—Circunstancias que no he creado yo —su voz sonó levemente jadeante.

—Y que intentas ignorar —dijo él con voz divertida, sin dejar de acariciarla—. Puede que tu mente haya decidido que ya no me deseas, Natasha *mu*, pero tu cuerpo parece tener otras ideas —sonrió—. En vez de una certeza, te has convertido en un reto intrigante.

—¿Es que no tienes vergüenza? —preguntó ella con amargura, volviendo la cabeza.

—Podría preguntarte lo mismo, tramposilla —replicó Alex Mandrakis—. Al fin y al cabo, eras mi futura esposa, la que me hizo promesas para ocultar el verdadero propósito de su familia. Sin duda te aseguraron que no tendrías que cumplirlas —rezongó con desdén—. Pues ahora sabes que se equivocaron, y pronto lo sabrán ellos también.

Cambió de posición, haciendo que ella sintiera la potencia de su erección contra el muslo. Después bajó la boca hacia su seno y empezó a lamer el rosado y tenso pezón.

—No... —protestó ella empujándolo. Un delicioso escalofrío había recorrido su cuerpo.

—No es fácil complacerte, *agapi mu* —dijo él, alzando la cabeza y mirándola con curiosidad.

—Pues no lo intentes. Deja que me vaya.

—¿Después del trabajo que me ha costado comprarte? —se mofó él—. Nada de eso. Aún no.

—Pero ¿cuándo? Tienes que decírmelo.

—Tal vez hasta que ya no quieras irte, Natasha *mu* —contestó él—. Pero por ahora...

Deslizó la mano por su cuerpo con insolente maestría, acariciando estómago y cadera antes de pasar al sedoso triángulo que había entre sus muslos. Natasha apretó los dientes.

Le ardió la piel de vergüenza cuando él abrió sus piernas y empezó a explorar la zona, provocando otra cadena de reacciones indeseadas.

A su pesar, se le aceleró la respiración, pero se negó a creer que se estaba excitando. Prefirió concentrarse en odiar la respuesta de su cuerpo al contacto íntimo tanto como odiaba al hombre que la estaba provocando.

—¿Por qué no dejas de luchar contra mí, *agapi mu*? —susurró Alex Mandrakis—. La batalla ya está perdida.

—Para mí no —dijo ella, ronca—. Nunca te perdonaré por esto. En toda mi vida.

—Entonces, no tengo nada que perder —se encogió de hombros y se situó sobre ella—. Y mucho que ganar —añadió, triunfal. Después la penetró con una única embestida.

Capítulo 4

HASTA ese momento, Natasha sólo había pensado en su ira y en la pesadilla que suponía la insoportable indignidad a la que estaba siendo sometida. No había pensado que su primera experiencia sexual le causaría dolor físico.

Sus músculos se tensaron y deseó gritar que le estaba haciendo daño y suplicarle que parase. Que diera tiempo a su cuerpo a acostumbrarse a la crudeza de la penetración. Pero ni hizo ni dijo nada para no darle la satisfacción de saber que podía afectarla, ya fuera con placer o dolor.

Él hizo una pausa y susurró su nombre con voz ronca, casi interrogante. Como no hubo respuesta, dio un segundo empujón, penetrándola del todo.

Natasha se quedó rígida y apretó los puños, repitiéndose que acabaría pronto, pronto, pronto...

Se mordió el labio inferior y vació su mente de pensamientos y emociones. Alex Mandrakis se movía lenta y rítmicamente, poseyéndola con una exquisita precisión sensual que era casi insultante.

Aunque tenía los ojos cerrados, sabía que él la observaba, esperando una reacción. Procuró mantener su rostro impávido, como una máscara. Sin embargo, pronto descubrió que, a pesar del leve dolor que aún sentía, no era del todo inmune a las sensaciones que provocaba el movimiento de su cuerpo dentro de ella.

Había contado con tener que luchar contra él, pero no

contra sí misma. Sintió una mezcla de pánico y vergüenza. Tenía que ser fuerte, no podía permitirse esa debilidad. Pero su cuerpo actuaba en contra de su voluntad, tentándola a rendirse. Estaba a punto de hacerlo cuando él empezó a jadear e incrementó el ritmo; tras dejar escapar un grito agónico, apoyó el rostro sudoroso en su pecho.

Natasha esperó unos momentos, pero como no se movió, intentó apartarse.

–La estatua vuelve a la vida, ahora que todo ha terminado –murmuró él, tensando los brazos.

Eso era justo lo que Natasha había deseado: que terminara sin llegar a entregarse. Sin embargo, se sentía vacía y eso la mortificaba.

–Pesas mucho –se quejó con voz seca.

–Disculpa –sonó irónico–. Considéralo una inconveniencia más de tantas, Natasha *mu* –se quitó de encima y se tumbó boca arriba.

–¿Puedo utilizar el cuarto de baño? Me gustaría ducharme –dijo ella poco después.

–Más tarde. Antes hablaremos un poco.

–Creo que no queda nada que decir.

–Te equivocas –capturó su barbilla y la obligó a mirarlo–. Háblame de tu amante inglés.

–Es cálido, amable y decente. Justo lo contrario que tú. ¿Qué más quieres saber?

–¿Tienes orgasmos cuando te acuestas con él?

Ella se puso roja como la grana.

–Sí –apartó su mano–. Claro que sí.

–Y, antes de él, ¿cuántos hombres hubo?

–Docenas –le contestó, desafiante.

–Si hay algo que aprenderás mientras estés conmigo, Natasha, será a decirme la verdad –Alex Mandrakis suspiró–. Hasta hace unos minutos eras virgen, no lo niegues. ¿Creías que no lo notaría?

—Yo... no lo sabía –tartamudeó ella.

—Sin embargo, no me lo dijiste. ¿Por qué no?

—Porque ya habías decidido cómo era, gracias a esa asquerosa carta. No me habrías creído, dijera lo que dijera –hizo una pausa–. Si lo hubieras sabido, ¿habría cambiado eso tus planes?

—No. Pero me habría asegurado de que tu cuerpo estuviera más receptivo –torció la boca–. Te he hecho daño, Natasha *mu*. Cuando comprendí la verdad ya era tarde, y lo lamento. Mi única excusa es que te deseaba demasiado.

—Por favor, no dejes que eso te pese en la conciencia –ironizó ella–. Seguro que no será la peor afrenta por la que me harás pasar.

—No tiene por qué ser así –dijo él lentamente.

—¿Eso significa que me dejarás marchar?

—No, en absoluto. Ni lo pienses.

—¿Por qué? –tragó saliva–. Ya tienes lo que querías. Que siga aquí no tiene ningún sentido.

—Tendría placer de tu compañía –corrigió él.

—¿Puedes decir eso sabiendo que te odio? –Natasha movió a cabeza–. No pasaría ni cinco minutos contigo voluntariamente.

—Tal vez descubras que mejoro al conocerme –su voz sonó solemne, pero sus ojos chispeaban divertidos–. Para demostrarte que a veces puedo ser amable, nos daremos esa ducha que querías.

Natasha oyó una campanita de alarma cuando Alex apartó la sábana y bajó de la cama.

—Puedo esperar –gimió, intentando no mirarlo.

—¿Por qué ibas a esperar? –se rió abiertamente–. Créeme, preciosa, no tienes nada que temer. Nunca estarás más a salvo de mis atenciones que ahora –le ofreció la mano–. Ven.

Al ver que no se movía, le quitó la sábana, la alzó en brazos y la llevó al cuarto de baño. Natasha captó azulejos cremosos con vetas azul y oro y enormes espejos mientras Alex la llevaba a una enorme cabina de ducha. La dejó en el suelo y abrió el agua. Después, se echó gel en la mano y, tras ponerla de espaldas a él, empezó a extenderlo sobre su piel. Empezó por los hombros y siguió hacia abajo con movimientos circulares.

Ella deseó decirle que parara, que podía hacerlo sola, pero era incapaz de vocalizar. Cuando los dedos pasaron de sus nalgas a sus muslos, sintió que su resistencia empezaba a difuminarse. Tembló por dentro al notar un cosquilleo que revivía su cuerpo inesperadamente.

Él enjabonó cada centímetro de cada pierna. Luego le dio la vuelta y empezó de nuevo, desde los tobillos hacia arriba, lentamente. Se detuvo unos segundos en sus muslos, rozando su entrepierna. Ella jadeó, debatiéndose entre el pánico y la excitación, esperando que volviera a tocarla allí, en el punto exacto.

Pero no lo hizo, siguió subiendo por abdomen y senos, enjabonando sus pezones con tanto cuidado como si fueran los pétalos de una flor. Ella, temblorosa, sentía cada caricia como una llama sugerente y muy peligrosa.

Alex dio un paso atrás y la estudió con atención, como si juzgara su trabajo. Después, se puso más gel en la mano y se enjabonó rápidamente antes de abrir el grifo al máximo y aclarar la espuma del cuerpo de los dos. Una vez hecho eso, la sacó de la ducha en brazos, la envolvió en una toalla y empezó a secarle el cabello con otra, peinándola con los dedos.

Satisfecho, la atrajo hacia sí y besó su boca con suavidad y gentileza, sin exigir respuesta.

—La próxima vez que hagamos el amor será mejor

para ti, lo prometo –le dijo–. Ahora volveremos a la cama a descansar.

Ella lo miró, confusa. No se atrevía a volver a la cama con él, tal y como se sentía. Deseaba... Vetó sus pensamientos y recuperó la voz.

–Nada de lo que hagas mejorará las cosas entre nosotros –dijo con desdén– Sólo quiero librarme de ti. Y no tengo intención de dormir contigo.

–La mayoría de la gente que comparte una cama, duerme en algún momento, *pedhi mu*.

–No soy tu pequeña –protestó ella, seca.

–Pues no te comportes como una niña.

–Prefiero dormir sola –apretó los labios.

–A partir de ahora, te adaptarás a mis preferencias. ¿Vienes voluntariamente, o tendré que llevarte en brazos? No tengo nada en contra, entiéndeme, pero eso podría tentarme a más.

–Iré sola –aceptó ella, entendiendo de sobra.

–Vas aprendiendo –aprobó Alex.

–Pero me gustaría ponerme algo –titubeó–. No estoy acostumbrada a estar sin ropa ante la gente.

–Tu modestia es admirable, pero innecesaria, Natasha *mu*. No soy gente. Soy tu amante y tu cuerpo es un deleite para mí. No comparto tus inhibiciones, tendrás que acostumbrarte a verme desnudo. Pero, por ti, estoy dispuesto a hacer una concesión –la condujo de vuelta al dormitorio, abrió una puerta y entró en lo que Natasha supuso era el vestidor.

Volvió un momento después con una bata de satén plateado sobre el brazo y se la dio. No tenía botones ni cremallera, pero era mejor que nada, así que Natasha se la puso.

–Será un diseño de talla única, supongo –dijo con frialdad, atando el cinturón.

–Comprada para ti, ayer –corrigió él, seco–. ¿Quieres ver el recibo?

–No –se mordió el labio–. Es bonita. Gracias.

–De nada –replicó él, cortés. Fue hacia la cama, estiró las sábanas y recolocó las almohadas–. Ven a acostarte –bostezó–. Mañana será un día muy largo.

Ella obedeció. Él había dicho en serio lo de descansar, porque se tumbó de costado dándole la espalda. Natasha se acostó sin quitarse la bata.

Largo rato después, seguía despierta. Se dijo que se debía a la ira y el disgusto. No podía relajarse estando junto al hombre que la había utilizado despreciablemente para vengarse.

Sin embargo, ésa no era toda la verdad. Lo que más la inquietaba era su propio cuerpo, que se resistía a darle paz. La culpa era de la interminable y lánguida ducha, que la había dejado increíblemente excitada, a su pesar.

Nunca se perdonaría por eso. Estaba segura de que él lo había hecho para castigarla por su indiferencia anterior. Pero, fuera cual fuera la razón, lo cierto era que Alex Mandrakis tenía un increíble poder sexual sobre ella. Sin duda, se había ganado su reputación a pulso.

Pensó, con tristeza, que Neil nunca había conseguido que le doliera el cuerpo de anhelo y deseo. Si se hubiera acostado con él, habría sido más por curiosidad que por pasión. Lo consideraba un hombre fiable, distinto a Alex Mandrakis que era odioso y despreciable.

Pero Stavros y Andonis no eran mucho mejores. Suponía que habían incluido la segunda carta entre las hojas que había tenido que firmar.

Luchó contra las lágrimas. Si hubiera hecho caso a su instinto, negándose a participar en la estúpida trampa, no estaría donde estaba.

Tenía que aceptar que Neil pertenecía al pasado y

concentrarse en el presente y el futuro inmediato. Escapar del control del enemigo que dormía a su lado era lo prioritario.

Y tenía que ser pronto, antes de que cumpliera la amenaza de dejarla embarazada, si no lo había hecho ya. Tenía que convencerlo de que no ganaría nada obligándola a traer al mundo a un niño indeseado o negándole la libertad.

Ya no tenía justificación. El que hubiera pasado la noche con él era suficiente deshonra para su familia. La contienda tenía que acabar.

Ella se había comportado como una estatua y él tenía a su disposición multitud de mujeres deseosas de complacerlo. La dejaría marchar.

Su vida estaba en Londres. Hacía falta allí: para pagar su parte del alquiler, ayudar a Molly y ocuparse de Te Ayudamos. Él era un hombre de negocios, al menos eso lo entendería.

Lo inquietante era que había planificado todo hasta el punto de hacer que alguien le comprara una bata. Demasiado esfuerzo para una relación a corto plazo o una aventura de una sola noche.

Incluso la había espiado cuando se bañaba desnuda en Villa Demeter. Se preguntó si Stelios, el guarda de seguridad al que había sobornado, seguía en plantilla. Si era el caso, se aseguraría de que lo despidieran de inmediato, aunque tuviera que confesar su travesura.

Tía Theodosia se disgustaría, pero daba igual. No podía ni imaginar su horror si se enterara de lo que le había sucedido esa noche a la chica que había protegido con tanto cuidado.

Si Alex Mandrakis cumplía su amenaza de mostrarla al mundo como su amante, era inevitable que tía Theodosia se enterase.

Se preguntó cuánto tardaría él en darse cuenta de que estaba perdiendo el tiempo con ella y cuántas noches se vería obligada a pasar en la cama a su lado, desvelada y rezando porque él no se despertara.

Finalmente, consiguió dormirse. Se despertó al sentir una mano en el hombro. Soltó un gritito. Había una mujer de mediana edad, con un vestido oscuro y delantal blanco, junto a la cama.

–¿Le ocurre algo, señorita?
–Perdone, supongo que estaba soñando –tartamudeó, pensando que le ocurría de todo.

Comprobó, agradecida, que Alex Mandrakis no estaba a su lado. Esperanzada, pensó que tal vez hubiera llegado a la misma conclusión que ella: que no hacía falta prolongar el encuentro.

–Me llamo Baraskevi y seré su doncella. Si quiere, le prepararé un baño. Le he traído su ropa.

Natasha ensanchó los ojos al ver que la blusa y la ropa interior que había sobre la cama estaban recién lavadas y que su traje colgaba de una percha, recién planchado.

Supuso que Baraskevi estaba acostumbrada a encontrar mujeres desconocidas en la cama de su amo, pero se sintió incómoda y vulnerable al pensar que el servicio doméstico de la casa estaba al tanto de su presencia allí, y del porqué.

La alegró ver su bolso y la bolsa de viaje; pensó que era un permiso tácito para que se fuera, ahorrándoles a ambos otro encuentro.

–Gracias –dijo–. Me gustaría darme un baño.

Pensó que quizá la ayudaría a sentirse limpia de nuevo. Aún sentía un ligero dolor, innegable prueba de lo ocurrido. Pero le dolía mucho más el orgullo y la pérdida de su independencia.

Apartó las sábanas y bajó de la cama, abrochándose el cinturón de la bata. Antes de despertarla, Baraskevi había abierto las cortinas y el sol entraba a raudales en la habitación.

La tormenta había pasado, pero otra estaba a punto de iniciarse. Era inevitable.

Abrió su bolsa y sacó el neceser. La alivió comprobar que su pasaporte y cartera seguían en el bolso; podría marcharse sin más.

No se iría intacta como había llegado, pero se juró algún día que volvería a ser ella misma y recordaría lo ocurrido como un mal sueño.

El baño caliente perfumado con sándalo, que le había preparado Baraskevi, la reconfortó.

Le molestó tener que ponerse la ropa del día anterior y se dijo que en cuanto tuviera oportunidad la quemaría. No quería recordar cómo la habían obligado a quitársela.

Vestida y con el pelo recogido, fue por sus cosas. Se le ocurrió que no sería mala idea quemar algo más: la maldita carta.

Abrió el cajón de la mesilla. La carpeta había desaparecido y también el ordenador portátil.

Frustrada, fue hacia la puerta. Abrió y se encontró con una pared humana. Era el hombre que la había recogido en el aeropuerto.

–Buenos días, señorita –saludó él–. El desayuno está servido en la terraza. La llevaré.

–Gracias, no tengo hambre –en realidad tenía mucha, pero no iba a admitirlo–. Preferiría marcharme de inmediato.

–Eso tendrá que hablarlo con el señor Alex –dijo él, quitándole las bolsas–. La está esperando. Acompáñeme, por favor.

Consciente de que no serviría de nada negarse, obedeció. Tal vez pudiera recuperar un vestigio de dignidad en ese último encuentro.

La terraza estaba en la parte trasera de la casa. La mesa de desayuno estaba situada bajo una pérgola, sombreada por una buganvilla.

Alex Mandrakis estaba leyendo el periódico. Al oírla llegar, se levantó con cortesía y le indicó que se sentara frente a él. El guardaespaldas le apartó la silla y luego se marchó.

–¿Es necesario el perro guardián? –preguntó ella con voz fría.

–Creo que sí –le sirvió un vaso de zumo de naranja–. Hasta que pueda fiarme de ti, Natasha.

Eso no sonaba a despedida y el optimismo de Natasha se desvaneció. Pensativa, aceptó un panecillo de la cesta que le ofreció y se sirvió mermelada de cereza.

–Hay café –señaló la cafetera–. Pero puedes pedir té, si lo prefieres.

–Por favor, no vayas a molestar al servicio por mi culpa –replicó ella con sorna. Tomó un sorbo de zumo, que su garganta reseca agradeció.

–Pide cuanto necesites. Quiero que estés cómoda.

–En ese caso, podrías pedirle a tu chófer que me lleve a casa. Es lo único que necesito.

–Entonces, sufrirás una decepción –encogió los hombros–. Tu casa ahora es la mía, hasta que decida lo contrario. Cuanto antes lo aceptes, *agapi mu*, mejor será para ti. Disfrutemos del desayuno

Sus labios se curvaron con una sonrisa.

–Será el primero de muchos, espero –añadió.

Capítulo 5

NATASHA lo miró fijamente. Sus ojos verdes se estrecharon.

−¿Te has quedado muda, *agapi mu*? −se burló él−. Tal vez sí necesites un té.

−Eres increíble, ¿sabes? Estás destrozando mi vida y sólo te preocupa qué quiero beber.

−El té va bien en caso de conmoción.

−No estoy conmocionada −mintió ella−. Lo ocurrido anoche me demostró lo despreciable que eres. Supongo que he sido idiota al pensar que sentirías algún remordimiento, o que intentarías compensarme de alguna manera, por inadecuada que fuera.

−Tengo intención de compensarte, mi amor −su voz sonó sedosa−. A su tiempo y a mi manera.

−Que te quede claro que no me someteré sumisamente a más degradaciones.

−Espero que no −replicó, frío−. La sumisión no me atrae. Te quiero ardiente y deseosa, Natasha *mu*, no sumisa.

−Entonces sufrirás una decepción −su voz se enronqueció−. Puede que ayer no pataleara ni gritara, pero eso no significa que acepte esta situación, ni que vaya a hacerlo nunca.

Hizo una pausa reflexiva.

−No puedes tenerme encerrada siempre. Y hoy necesitarás mi firma para asumir el control de Papadimos. Difícilmente puedes llevarme a la reunión esposada y amordazada –lo miró, triunfal–. Así que aquí acaba todo. Tendrás la naviera, pero no a mí. Éste es nuestro primer y ultimo desayuno juntos. Cuando firme me iré y no podrás impedirlo.

–¿No? Yo no estaría tan seguro de eso.

–Pareces haber olvidado que habrá abogados en la reunión, representando a las dos partes. Dejaré muy claro que me trajiste aquí engañada y me obligaste a acostarme contigo. Haré que Stavros y Andonis admitan que escribieron esa horrible carta. Entonces los cargos de falsificación resultarán creíbles. Y eso sólo será el principio.

–Tendría que haber pedido que te sirvieran miel esta mañana –murmuró él–. Tal vez te habría endulzado el carácter, y la lengua –rellenó su taza de café–. ¿Y dónde piensas ir después? ¿A Villa Demeter a llevar de nuevo una vida de familia feliz?

–Nada de eso. Volveré a Inglaterra. A la vida que has intentado arruinar, sin conseguirlo.

–¿Y al amante inexistente? –hizo una mueca.

–No. Dirijo una empresa. Pequeña e insignificante desde tu punto de vista, pero útil y con éxito. Me enorgullezco de ella. Hay gente que depende de mí; no abandonaré todo eso por tu vengativo capricho.

–Ah, sí –la miró pensativo–. Se llama Te Ayudamos, ¿no?

–¿Cómo lo sabes? –ella tragó saliva.

–Hice averiguaciones –alzó los hombros–. Tu ausencia no será problema. Buscaré a alguien que te reemplace temporalmente, hasta que vuelas.

–Así, sin más –su voz tembló de ira.

–¿Por qué no? –enarcó las cejas.

–Porque no voy a permitir que alguien ocupe mi puesto sólo para que tú me tengas... a tu disposición

–alzó la barbilla–. Nunca te perdonaré por lo ocurrido anoche, pero con el tiempo lo olvidaré. Y si hubiera... consecuencias, las asumiré sola; consideraré tu incursión en mi vida como un mal sueño, nada más –afirmó con orgullo–. No soy como las mujeres que frecuentas, no estoy en venta ni en alquiler. Me pertenezco a mí misma y nada que hagas o digas cambiará eso.

–Pareces muy segura, *agapi mu* –Alex Mandrakis la miró por encima de su taza de café–. Dime, ¿es grande tu casa de Londres?

–No. ¿Por qué lo preguntas? No es asunto tuyo.

–Porque necesitarás una residencia mayor cuando tengas que alojar a tus hermanos y sus familias. No tendrán otro sitio donde ir; Inglaterra podría ser una solución, dadas las circunstancias.

–¿De qué estas hablando? –preguntó, inquieta.

–De Villa Demeter. El palacio de los Papadimos, que utilizaron como garantía en su búsqueda de financiación. Ahora me pertenece, con todo lo demás, incluido cada mueble, cada ladrillo y cada recuerdo.

Sonrió al ver que ella enrojecía.

–De momento, tus hermanos son mis inquilinos. Pero no sé cuánto tiempo más permitiré que continúen siéndolo –hizo una pausa–. Y aunque opines, con razón, que son los únicos culpables de sus tribulaciones, hay otra persona cuyo bienestar podría preocuparte.

Las pupilas de Natasha se dilataron con horror.

–Me dicen que quieres mucho a tu madre de acogida, la señora Papadimos. ¿Te gustaría que una mujer de su edad, delicada de salud, tuviera que abandonar la casa a la que llegó recién casada y en la que nacieron sus hijos? ¿Crees que soportaría un disgusto como ése?

–Oh, Dios. No podrías. Tú no harías...

–Hago lo que digo, como tú misma has comprobado, Natasha *mu*. Pero podría evitar ese golpe a la señora Papadimos, con ciertas condiciones. Incluso estaría dispuesto a negociar los términos en los que ella, sus hijos y sus familias podrían seguir viviendo bajo mi techo. Y ella no tendría por qué saber la verdad.

Sonrió y bajó la mirada de sus labios temblorosos a la curva de su pecho.

–Pero eso, mi diosa lunar, depende de ti. Puedes volver a Inglaterra, tras denunciar la afrenta sufrida, pero sigo dudando que un tribunal falle a tu favor –dijo él, inexorable–. O puedes seguir conmigo hasta que mi deseo quede satisfecho y te deje marchar. Seguramente no tendrías que esperar mucho –añadió, sereno.

Ella, anonadada, apretó los puños.

–Sólo te ofrezco esa posibilidad. No hay negociación posible, que quede claro –hizo una pausa–. Pero no tienes que contestar ahora. Bastará que lo hagas en el despacho de los abogados. Una respuesta tan importante requiere testigos, ¿no te parece?

Apuró el café y se levantó. Al pasar junto a ella le puso la mano en el hombro con firmeza.

–Cuando conozca tu decisión, tomaré la mía. Sea la que sea. Recuerda eso. No lo olvides.

Se marchó, dejado a Natasha inmóvil en la silla, con la mirada perdida en el vacío.

–Por fin te dignas unirte a nosotros, hermana –dijo Stavros, cuando Natasha entró en las palaciegas oficinas de los abogados de Bucéfalo Holding–. Empezábamos a preocuparnos.

–Qué raro –contestó ella, seria–. Yo llevo estas últimas horas haciendo lo mismo –miró a su alrededor–. ¿Dónde están los demás?

—Esperan en una sala privada. Te llevaré —suspiró profundamente—. Mi pobre Christina no deja de llorar. Nunca se recuperará de la vergüenza de lo ocurrido.

—¿En serio? —Natasha alzó una ceja, irónica—. Yo diría que ha salido bien librada. Pero tal vez tenga prejuicios.

—¿Cómo puedes decir eso? —se detuvo ante una puerta cerrada—. Ese hombre, Mandrakis, nos lo ha quitado todo. Hasta nuestra casa peligra —alzó las manos con desesperación—. Mi pobre madre. ¿Cómo vamos a decírselo Andonis y yo?

—Pregúntate, mejor, cómo pudisteis pensar Andonis y tú que podías ganar a Alex Mandrakis.

—Era un buen plan —se defendió él—. La posibilidad de boda lo interesó. Nos dio tiempo.

—¿Por eso escribisteis la otra carta? —preguntó ella, pensando que ese tiempo extra había empeorado las cosas—. ¿Para que se interesara más? ¿Para tener más posibilidades de hundirlo?

Él la miró boquiabierto. Su expresión era una mezcla de asombro y remordimiento. Revulsiva.

—¿Qué otra carta? —farfulló—. No entiendo.

—Claro que entiendes, Stavros, así que déjate de juegos. Incluso sé cómo conseguiste mi firma.

—¿Cómo lo sabes? —exigió él—. Quiero saber cómo lo has descubierto.

—Creo que no estás en posición de exigir, hermano —dijo Natasha—. Ni a mí ni a nadie. Además, ¿qué importa? Ya es demasiado tarde —abrió la puerta y entró en la sala.

Primero vio a Andonis, la viva expresión del desaliento, que escuchaba con cabeza gacha, los quejidos de su esposa, de su cuñada y de Irini.

A su espalda oyó a Stavros maldecir.

La mirada de Natasha se trasladó a la señora Papadimos, que estaba sentada junto a la ventana, mirando hacia la calle como si el jaleo de la sala no fuera con ella. Natasha sabía que no era así.

–¿Has traído a tu madre? –le preguntó a Stavros, incrédula–. ¿Aquí? ¿A esto?

–Ha sido idea suya, no nuestra. Te juro por Dios, Natasha, que hemos intentado protegerla; pero vio los periódicos y escuchó los rumores de los sirvientes. Preguntó y tuvimos que decirle la verdad –se removió, incómodo–. Lo sabe todo, excepto que Mandrakis puede quitarle su casa. Eso se lo hemos ocultado por si, milagrosamente, decide tener un poco de piedad.

–No creo que la piedad entre en sus planes –contestó ella con voz queda.

Cuando iba hacia tía Theodosia, Maria corrió hacia ella y le agarró el brazo.

–Hermana, Christina y yo te esperábamos. Nuestros esposos dicen que esto es la ruina para todos. Pero no puede ser. Dinos qué hacer.

–Creo que ya lo hice, hace unas semanas, y nadie quiso escucharme. Ahora parece que los chicos tendrán que buscarse empleo para pagaros la manicura. El mundo es duro, ahí fuera.

–Eres cruel –sollozó Maria–. Cualquiera pensaría que somos los culpables, y no ese cerdo, ese bruto, Mandrakis.

–Creo que sé perfectamente dónde recae la culpa –Natasha le dio la espalda y se encontró con la venenosa mirada de Irini. Era obvio que seguía odiándola incluso cuando debían estar unidos.

Se arrodilló junto a tía Theodosia y le agarró la mano.

–Lo siento mucho –musitó–. Gracias a Dios tío Basilis no sabe lo que está ocurriendo.

–Las semillas de esta cosecha se plantaron hace años, y siempre supe que el fruto sería amargo –la señora Papadimos sonaba tranquila pero cansada–. Basilis lo podría haber detenido muchas veces, pero no lo hizo –suspiró–. Tú sólo viste su lado bueno, hija mía, pero podía ser frío y duro como el hielo, incapaz de perdonar. Eso ha destruido nuestra seguridad y nuestras vidas.

Natasha la miró con sorpresa. Nunca la había oído criticar a su esposo antes. Pero tampoco había hablado de la disputa entre familias, quizás porque le parecía un tema demasiado doloroso.

Ella, en cambio, lo había visto como un asunto de rivalidad masculina entre dos hombres poderosos, sin mayor importancia. Nunca había considerado su posible gravedad y, menos aún, que llegaría a afectarla personalmente.

Esa mañana, tras la partida de Alex Mandrakis, se había quedado donde estaba mientras su mente giraba como un molino, buscando una escapatoria, sin éxito. La mayoría de sus elucubraciones se habían centrado en la frágil mujer que estaba a su lado, que le había demostrado dulzura y afecto desde que llegó a Atenas, cuando era una niña asustada y silenciosa. Ella no merecía perder el confort y la paz mental por el acto de venganza de un hombre que ya le había robado demasiado.

Llevó la mano de la mujer a su mejilla. Pensara lo que pensara el resto de la familia, no podía permitir que tía Theodosia sufriera la ignominia de ser desalojada de su casa. En realidad, no tenía opción, como Alex Mandrakis había sabido bien.

Sólo podía armarse de valor ante lo inevitable, en intentar sobrevivir.

–No todo está perdido –le dijo con voz queda–. Considéralo una promesa.

Vio que Irini se acercaba y se puso en pie. Estaba tensa como una cuerda de violín y la hostilidad petulante de la otra chica podría llevarla al límite. No podía permitírselo. Necesitaba serenidad y control de sus emociones en todo momento, sobre todo si quería que Alex Mandrakis se arrepintiera eternamente de haberla puesto en la situación en la que estaba.

Era esencial que él no obtuviera más que un placer infinitesimal de su relación. Si eso implicaba retraerse tras una coraza de indiferencia, lo haría. Se juró que no sería una victoria más en su palmarés. Conseguiría que anhelara enviarla de vuelta a casa cuanto antes.

Sin embargo, un momento después, cuando sintió una mano en el brazo, dio un respingo. Pero era un desconocido, un hombre delgado de pelo cano, con gafas.

–¿Señorita Kirby? –inclinó la cabeza con cortesía–. Lamento haberla sobresaltado. Mi cliente, el señor Mandrakis, desea saber si ha tomado una decisión respecto a lo que discutieron antes. He de llevarle su respuesta.

–Puede decirle que sí –tragó saliva–. Acepto sus condiciones.

–Bien. Lo haré –asintió él. Se alejó.

Natasha, se preguntó, casi histérica, si el hombre conocía la naturaleza de su conversación. Si sabía que su respuesta la obligaba a compartir cama con su cliente, y si eso le importaba. Pero no sería la primera transacción de ese tipo que había realizado si trabajaba para un hombre como Alexandros Mandrakis.

Y no sería la última.

Minutos después indicaron a todos, excepto a la señora Papadimos y sus nueras, que no eran miembros de junta directiva, que fueran a la sala de reuniones. Natasha supuso que él ya había recibido su respuesta.

Se sentó en un extremo de la larga mesa, con Stavros y Andonis ejerciendo de barrera entre Irini y ella. Aun así, sentía el desagrado de la otra mujer como una llama abrasadora.

Natasha se preguntó a qué se debía. No podía considerarla responsable de lo que había ocurrido.

Los abogados de las dos partes estaban alineados a ambos lados de la mesa y charlaban con civismo, mientras las asistentes ofrecían agua mineral y café espeso y dulzón.

Se mascaba la tensión en el ambiente. La silla de la cabecera de la mesa seguía vacía. El trono del conquistador a la espera de ser ocupado.

Natasha pensó que debería haber informado a sus hermanos sobre su indeseado pacto con Alex Mandrakis, para que supieran a qué atenerse.

Pero seguramente habrían estallado en cólera, dando al traste con lo poco que había conseguido con su rendición, y no podía arriesgarse a eso.

Además, en el fondo, albergaba la ridícula esperanza de que él cambiara de opinión en el último momento. Que decidiera que ella no merecía la pena y se conformara con su sí de palabra, sin exigir una capitulación física.

Si fuera el caso, no tendrían que hablar y ella podría relegar al pasado la noche anterior. A no ser que... Se negó a pensar en que su primer encuentro sexual pudiera dar un fruto.

Aunque no estaba mirando la puerta, percibió la entrada de Alex Mandrakis. Sintió un leve temblor que recorría su espalda. Empezó a sudar. Tuvo que controlar el impulso de lamerse los labios resecos y apartarse el pelo del rostro.

Alex Mandrakis, con voz serena y pausada, les dio la bienvenida en griego. Como si para él fuera un trato más, de muchos.

Para su familia no lo era. Y menos para ella...

Se aventuró a alzar las pestañas y mirarlo, pero él estaba concentrado en el montón de papeles que tenía ante él. Parecía distante y serio.

Mientras el hombre de las gafas, Ari Stanopoulos, esbozaba las condiciones generales de la absorción, Stavros y Andonis hojeaban febrilmente el montón de documentos, con rostro tenso y abrumado. Sus peores expectativas estaban irrevocablemente confirmadas.

–La casa –susurró Andonis al llegar a la última hoja–. No menciona la casa. Tal vez ese demonio conserve un resto de humanidad, al fin y al cabo.

No había bajado la voz lo bastante, porque todos miraron en su dirección y Alex Mandrakis torció la boca con una mueca cínica.

–Tal vez haya decidido cambiarla por algo que me interesa más, señor Papadimos –miró a Natasha un instante.

Fue demasiado rápido para que alguien se percatara. Pero Natasha notó la caricia de sus ojos, tal y como él pretendía, y su cuerpo llameó bajo la ropa. Tomó un largo trago de agua. Se le había secado la garganta al comprender que la obligaría a cumplir su parte del trato.

Natasha ni siquiera oyó el resto de los términos del contrato. Su mente había saltado al final de la reunión; a las implicaciones del «cambio» al que él se había referido.

Haría lo que tuviera que hacer, cuando él lo exigiera, no más. No protestaría ni suplicaría. No lo miraría si no era imprescindible y, ante todo, no habría ni sonrisas ni lágrimas.

La perorata de Ari Stanopoulos concluyó, dando paso a la réplica de los abogados de los Papadimos. Pero tenían poco que decir, se sabían derrotados antes de llegar a la reunión.

Natasha firmó donde le indicaron. Asunto concluido, sólo faltaban los gritos, que debían de estar a punto de empezar.

—Vámonos —gruñó Stavros, poniéndose en pie cuando los abogados de Mandrakis empezaron a felicitarse—. Me estoy poniendo enfermo.

Alexandros Mandrakis se levantó también y se hizo el silencio en la sala.

—Natasha *mu* —dijo, ofreciéndole la mano.

A ella se le encogió el estómago. Tal y como había amenazado, iba a hacer pública su relación.

—¿Te atreves a llamar a nuestra hermana por su nombre? —lo retó Andonis, beligerante.

—No lo entiendes, hermano —posó en su brazo una mano conciliadora—. El señor Mandrakis me ha invitado a ser su acompañante una temporada y yo... he aceptado. No hay más que decir.

Con la cabeza muy alta, fue hacia Alex, que la esperaba con una leve sonrisa en los labios.

Capítulo 6

CUANDO Natasha llegó a su lado, Alex se llevó su mano a los labios; le dio la vuelta y besó el interior de su muñeca, acelerándole el pulso. Ella, maldiciendo para sí, se sonrojó.

–¡Zorra, traidora! –gritó Irini, con el rostro descompuesto. La señaló con un dedo tembloroso –¿No he dicho siempre, hermanos, que no confiáramos en esta bruja inglesa que nuestro padre trajo a casa? ¡Ya veis cómo traiciona su memoria por lujuria hacia su enemigo!

Natasha se puso roja como la grana.

–Controladla –ordenó Alex, mirando con frialdad a Stavros y Andonis–. Explicadle que sus insultos son inmerecidos. Que esta chica que tengo a mi lado, que ha sido una hermana para vosotros, es la única víctima de una traición. Sólo gracias a ella seguís en posesión de vuestra casa. ¿O es que no os habíais dado cuenta de eso?

Miró a Irini con reproche e ira.

–Tendría que demostrar su agradecimiento, en vez de lanzar insultos que son tan falsos como vulgares –soltó la mano de Natasha y la rodeó con un brazo–. Todo está firmado, podéis marcharos –atrajo a Natasha contra sí y murmuró–. Excepto tú, corazón. Nosotros nos vamos de viaje.

Ella siguió en silencio, mirando el suelo mientras la

sala se vaciaba, consciente del calor de su cuerpo junto al suyo.

—¿Por qué me has defendido ante Irini? —preguntó con amargura—. ¿No era eso lo que querías que ella y todos los demás pensaran?

—Al principio sí —admitió él—. Ahora sabrán, como lo sé yo, que eras virgen cuando te tomé. Eso herirá su orgullo mucho más, créeme.

Ella sintió dolor al oír su razonamiento. A él sólo le importaba la contienda; la consideraba una parte integral de su victoria. Ambos recordarían eso siempre.

—Te lo dije anoche —él alzó la mano y le quitó las horquillas del pelo—. Me gusta verlo suelto.

Ella esperaba que la besara para establecer su dominio; la sorprendió que la soltara y fuera a apoyarse en el borde de la mesa.

—¿Adónde es ese viaje que has planeado? Habrás visto que no he traído mucho equipaje.

—Eso no será problema —sonrió él—. Te he encargado un nuevo vestuario. Estará esperándote.

—¿Me has comprado ropa? —alzó la vez—. Ni siquiera sabes qué talla uso.

—Podría haberla adivinado —dijo él, recorriéndola con la mirada—, pero no hizo falta. Una sirvienta a quien Irini despidió hace poco, me informó de cuanto necesitaba saber.

—¿Había algún empleado en Villa Demeter que no trabajara para ti? —preguntó ella, rígida.

—La cocinera y los jardineros. Decidí descubrir por mí mismo qué comida y qué flores prefieres.

—Pero no se te ocurrió que, en cuanto a ropa, preferiría elegir mis propios trapos.

—Trapos es un buen nombre —dijo él—, a juzgar por

el traje que llevas. Créeme, su único encanto es que me hace pensar en lo bella que estás sin él.

–¿Y si me niego a ponerme lo que me has comprado? –exigió ella, desafiante.

–Irás desnuda –alzó un hombro–. Eso no será un problema para mí, te lo aseguro.

Ella controló su lengua. No merecía la pena iniciar batallas que no podía ganar. No permitiría que su forma de mirarla y tocarla la afectara.

–Muy bien. Me pondré esa ropa –dijo, neutra.

–Eres muy amable. Y para recompensar tu cooperación, te haré un pequeño regalo.

Natasha se mordió el labio, suponiendo que sería una joya, un símbolo de su riqueza.

Pero él le dio un sobre, no una caja plana. Lo aceptó y se lo guardó en el bolsillo.

–¿No quieres saber qué contiene?

–Sólo si es un billete de avión a Londres, de ida –dijo ella–. Y dudo que lo sea.

–Tu deseo de librarte de mí casi me duele, Natasha *mu* –chasqueó la lengua.

–Seguro que se te pasará pronto. Además, pronto tendrás a quien te consuele.

–Si quiero, sí. Pero de momento espero que seas tú quien satisfagas mis deseos. En los días venideros, emprenderemos un viaje hacia el placer. No te resultará tan difícil como crees –esperó a que asimilara sus palabras–. Tengo que ir a la oficina, así que estarás libre unas horas. Me reuniré contigo para cenar. Iorgos te llevara a casa después de que hables con Ari Stanopoulos.

–Ya he hablado con él antes.

–Hay que solventar el problema de tu ausencia en Londres. ¿Acaso el placer de mi compañía ha hecho que olvides tu empresa? –le sonrió–. Tienes que pagar el alquiler, tranquilizar a tu socia y proporcionarle ayuda, ¿no? Ari se ocupará de todo eso por ti. No necesitas preocuparte de nada.

–No claro –rezongó ella–. La vida es perfecta. Supongo que el señor Stanopoulos también se inventará una mentira discreta sobre mi paradero. ¿O dirá que he sido abducida por alienígenas? No se aleja mucho de la verdad, tal y como yo lo veo.

–Entonces, será un gusto demostrarte que soy humano, y hombre. Si no me esperaran, lo haría aquí mismo –dijo con voz suave. Se apartó de la mesa y Natasha dio un paso atrás–. ¿Ya no eres tan valiente? –la pinchó–. Sé amable con Ari, es muy sensible. Y nada de trucos. Mis empleados, a diferencia de los de Villa Demeter, son leales. Nadie te ayudará a escapar. Además, sabes qué consecuencias tendría para tu familia.

–Sí. Lo has dejado muy claro –hizo una pausa–. ¿Se han ido ya? Me gustaría despedirme.

–¿Después de lo que te han hecho y dicho? –la miró con escepticismo–. Eres muy indulgente.

–No, no lo soy. Quiero hablar con tía Theodosia. Si aún quiere saber de mí.

–No te humilles, *agapi mu* –dijo él, cortante–. No tienes razón para hacerlo. Tampoco debes tenerme miedo. Ya no –fue hacia la puerta y salió.

Natasha no tuvo que preguntar por tía Theodosia, porque ella ya había solicitado verla.

–La espera en mi despacho –le dijo el señor Stanopoulos, cortés–. Allí no las molestarán.

Tía Theodosia estaba sentada en un enorme sofá de

cuero y parecía diminuta. Sus ojos oscuros estaban cargados de dolor.

–¿Es verdad, pequeña? –preguntó–. ¿Te has entregado a Alex Mandrakis? ¿Has aceptado ser su amante para que no perdiéramos Villa Demeter?

Natasha asintió, temblorosa.

–No podía permitir que perdieras tu hogar. Pero sé lo que estarás pensando, y... lo siento.

–¿Tú lo sientes? –exclamó la mujer, atónita–. ¿Por qué, mi niña, cuando no eres culpable de nada? –suspiró–. No, esta tragedia es culpa mía. Tendría que haber puesto fin a la contienda hace años, pero no tuve coraje para hacerlo. Y ahora tú, inocente, pagas por ello –hizo una pausa–. No tendrías que haberte sacrificado, pero aún estás a tiempo. Puedes venirte conmigo ahora. Que Mandrakis se quede con la casa, si la quiere, y que mis hijos se creen un futuro nuevo, si pueden.

–Le he dado mi palabra a Mandrakis –Natasha agachó la cabeza–, y cumpliré con ella. Irini me acusó de traicionar la memoria de su padre, y eso es lo que haría si permitiera que su casa cayera en manos de sus enemigos, con todo lo demás. Le debo demasiado a tío Basilis para permitirlo.

–Ay, Dios mío –suspiró la señora Papadimos–. Tendrías que haberte casado hace tres años, Natasha. Serías una esposa adorada y una madre feliz. Lo sabía entonces y lo dije, pero no me escucharon y, para mi vergüenza, no insistí.

–Fui yo quien decidió seguir soltera –objetó Natasha, asombrada–. No puedes haberlo olvidado. Tío Basilis hizo cuanto pudo para persuadirme, a gritos. Pero yo tenía mis propios planes –forzó una sonrisa–. A pesar de lo ocurrido, estoy segura de que hice bien resistiéndome y creando mi propia vida.

—Pero ¿y si hubiera habido un hombre a quien pudieras querer y que te ofreciera su corazón y la protección de su apellido, pequeña? —abrió las manos—. ¿Dónde está ahora esa vida de la que hablas?

—En Londres, esperando mi vuelta —Natasha intentó sonar animosa—. Esto es sólo un acuerdo temporal. Botín de guerra —alzó la barbilla—. Mandrakis pronto buscará nuevos mundos que conquistar y yo seré libre.

—¿Lo serás, hija mía? —la señora Papadimos la miró con seriedad—. ¿Tan segura estás de que aún querrás volver a esa vida después, cuando lo conozcas mejor que ahora?

—No pudo creer que hayas dicho eso —la voz de Natasha tembló—. Tú, tía Theodosia. ¿Crees que podré perdonarlo por cómo me ha tratado? ¿O que pasaré con él una hora más de lo necesario?

—No apruebo lo que ha hecho Alexandros Mandrakis, por más provocación que haya recibido. No pienses eso nunca, cariño —tía Theodosia movió la cabeza—. Sólo sugiero que no lo juzgues con demasiada dureza. Él no inició la guerra entre nuestras familias. Era un niño cuando empezó y tuvo que tomar partido. Quizá descubras que es mejor persona de lo que crees.

—Lo dudo —Natasha apretó los labios—. Ya he experimentado la supuesta bondad de Alex Mandrakis y sé qué puedo esperar de él.

Sin embargo, recordó, con miedo, la respuesta involuntaria de su cuerpo a su posesión, y la frustración que la había atormentado después.

—Niña, ¿estás diciendo que te trató como un bruto? ¿Aun sabiendo que era tu primera vez? —el rostro de Theodosia Papadimos se contrajo.

—No —musitó Natasha—. Él no lo sabía. De hecho,

tenía buenas razones para pensar que estaría deseosa... y más. Aun así, no fue... brutal.

Se preguntó por qué había dicho eso. Casi parecía que lo estuviera excusando. Y si tía Theodosia le preguntaba cuáles eran esas razones, tendría que decirle que él creía que su vida en Londres la había transformado en una descocada que se acostaba con cualquiera. De ningún modo podía hablarle de la infame carta.

—Tranquila —forzó una sonrisa—, nada dura para siempre. Pronto se aburrirá de mí. Y no habré sufrido daño permanente, excepto en mi orgullo. Un día conoceré a un hombre al que pueda amar, y seré feliz con él, como siempre has deseado.

—Entonces, mi pequeña, rezaremos por ese objetivo para cuando acabe esta triste etapa —se inclinó hacia Natasha y besó sus mejillas.

Más tarde, Natasha contestaba a las preguntas del señor Stanopoulos, destinadas a cubrir cualquier posible eventualidad de su vida en Londres. Por lo visto, el abogado pensaba que su cliente podría interesarse por ella durante meses, y no días, como ella había esperado.

Natasha, recordando su extraña conversación con tía Theodosia, comprendió que ella había sugerido la misma posibilidad. Se dijo que su imaginación estaba jugándole una mala pasada.

Pero no había esperado el intercambio entre el señor Stanopoulos y tía Theodosia, en griego, cuando se habían visto en el pasillo.

—Así que ha llegado a esto. ¿Quién lo habría creído posible? —había dicho su madre adoptiva.

—Sí, para mi pesar —había dicho el abogado—. Pero es posible que tal vez acabe aquí.

Sin embargo, Natasha empezaba a ver que no acabaría en un futuro cercano; estaban quitándole las riendas de su vida con frialdad y eficacia. No era ningún consuelo saber que las recuperaría.

—Señor Stanopoulos, ¿podría decirme algo? —preguntó, de repente.

—Si está en mis manos, señorita —dijo él.

—Esta pelea entre sus clientes y mi familia. ¿Cómo empezó? Siempre tuve la impresión de que era una rivalidad de negocios que se había perpetuado generaciones, empeorando con el tiempo. Pero empiezo a creer que es más reciente.

—¿Quién sabe cómo surgen estas situaciones? Siento no poder decírselo, señorita.

—Si se lo preguntara al señor Mandrakis, ¿me lo diría él?

—Ésa sería su decisión, señorita —juntó los documentos—. Creo que ya está todo.

—Seguro que sí. Acabo de renunciar a mi vida.

—Sólo a ciertos asuntos privados y de negocios, para que sean bien atendidos en su ausencia —corrigió él—. Por favor, créame, señorita Kirby, desearía que hubiera podido ser de otra manera.

—Compartimos ese punto de vista, sin duda —repuso ella, yendo hacia la puerta.

—No, nuestras razones son muy distintas —negó él, seco—. Adiós, señorita, le deseo lo mejor.

El chófer y Iorgos, el perro guardián de Alex Mandrakis, la llevaron de vuelta a la casa. Por lo visto no quería correr riesgos con su adquisición.

En el coche, se movió y oyó un crujido de papel. Era el sobre, que seguía en su bolsillo. Lo sacó y lo hizo girar entre las manos. Suponía que era un cheque de adelanto por los servicios que le había obligado a prestar la noche anterior. Sintió la tentación de romperlo y tirarlo por la ventana.

Pero la curiosidad pudo con ella. Dentro no había ningún cheque, sólo una hoja de papel. Cuando la desdobló y vio su firma, supo qué era.

Las palabras y frases saltaron ante su vista, descomponiéndola. Con dedos temblorosos, rompió el papel en fragmentos diminutos, los metió en el sobre y lo guardó en su bolso.

Lo tiraría a la basura y asunto concluido. Pero no podría olvidar la vileza, y las consecuencias, de lo leído; la perseguirían para siempre.

De repente, se dio cuenta de que no iban hacia el exclusivo distrito residencial donde vivía Alex Mandrakis, estaban saliendo de Atenas. Se enderezó y dio unos golpecitos en el cristal.

—Éste no el camino correcto, vamos hacia el Pireo —dijo, ansiosa.

—Takis es buen conductor, señorita —la calmó Iorgos—. Sabe qué ruta seguir —le susurró un comentario al chófer y ambos se rieron.

Iban hacia al puerto de Pireo. Natasha se retorció las manos con desesperación. Después volvió a golpear el cristal de separación.

—Os pagaré el triple de vuestro salario, si me lleváis al aeropuerto —dijo con voz temblorosa—. Podéis decir que os engañé y escapé del coche. Que me buscasteis sin éxito. Juro que podéis fiaros de mí. Enviaré el dinero desde Inglaterra.

—El señor Alexandros se fía de nosotros —dijo él con

brusquedad–. Obedecemos sus órdenes y de nadie más. Nos ha dicho que la llevemos a Pireo, a Pala Marina. Y eso es lo que haremos.

Ella se tensó. Los yates más grandes y lujosos estaban amarrados en Pala Marina; allí estaría el *Selene*, de los Mandrakis. El Harén Flotante. La última humillación era que la llevase allí, como su «Concubina del mes».

Sólo había visto el *Selene* en fotos, normalmente bajo un titular escandaloso, pero lo reconoció en cuanto lo vio anclado a corta distancia del puerto. En el muelle esperaba un lancha motora para llevarla a bordo, junto con el juego de maletas de piel color crema que acababan de sacar del maletero.

En el yate, un hombre fornido y rubio, con pantalones cortos y camisa de color blanco, la recibió en cubierta.

–Bienvenida, señorita Kirby. Soy el patrón del señor Mandrakis, Mac Whitaker –señaló a un hombre pequeño con bigote tupido–. Él es Kostas, la conducirá a la suite principal. Su sobrina, Josefina, la espera allí para deshacer su equipaje. Levaremos anclas en cuanto llegue Alex.

Ella controló su pánico y asintió. Kostas la llevó a la cubierta superior, abrió una puerta y se hizo a un lado para cederle el paso. La habitación era casi tan grande como el salón de Villa Demeter. Las paredes estaban cubiertas de estanterías, con libros y un sofisticado equipo de música. Había flores frescas por doquier.

En una alcoba lateral había una mesa redonda y sillas. El suelo estaba cubierto con una espesa moqueta, color blanco roto, y la tapicería de sillones y sofás era azul intenso. El color se repetía en las cortinas de las ventanas y en la colcha de la cama que había en el espacioso dormitorio, que se veía al otro extremo de la habitación.

Supuso que esa noche dormiría allí con Alex. En la cama que él había compartido a menudo con otras. Se mordisqueó el labio inferior.

–¿Está todo a su gusto, señorita? –preguntó Kostas. Sonaba ansioso.

Natasha pensó que contestar que todo era horrible no serviría de nada. No tenía sentido molestar al pobre hombre, que no tenía ninguna culpa. Sólo obedecía las órdenes de su amo.

–Es precioso –forzó una sonrisa. Era verdad. Muchas otras lo habrían dicho antes que ella.

Poco después llegó su equipaje seguido por Josefina, una joven bonita y regordeta, con trenzas oscuras recogidas sobre la cabeza y una sonrisa entre tímida y amigable.

Natasha la siguió al dormitorio, pero no pudo compartir el entusiasmo con el que Josefina alabó los armarios hechos a medida, con zapateros, cajones y estanterías de madera clara. Intentó no mirar la ropa de Alex que ya estaba dentro.

Sin duda, quería dejar claro a todos que mantenían una relación íntima. Pensó, con tristeza, que podía haber simulado que era una invitada, otorgándole una cabina propia a la que retirarse cuando no aguantara más.

No quería mirar la cama que había compartido con otras, y no siempre de una en una, según la prensa rosa. No sabía por qué odiaba tanto la idea de ser una mujer más de una larga lista. Supuso que lo irritante era saber que para Alex Mandrakis era una más; a nadie le gustaría eso.

Josefina había terminado de alabar el dormitorio y

la conducía, orgullosa, al cuarto de baño. Natasha la siguió, suspirando en silencio.

El alicatado era blanco con vetas doradas, había dos lavabos, bidet y una enorme cabina de ducha, con puerta de cristal. Natasha, a su pesar, recordó la noche anterior, la sensación de sus manos bajo el agua. El cuarto de baño, como todo lo demás, estaba impoluto, parecía nuevo.

Los empleados domésticos de Alex Mandrakis debían de matarse para tenerlo todo perfecto. Pensó en cuánto había empeorado Villa Demeter desde la muerte de tío Basilis. Ni Christina ni Maria sabían manejar al servicio y eso se notaba.

Volvió al salón y se sentó en una esquina del sofá, pensando que sería mejor descansar mientras pudiera. No pensaría en Alex Mandrakis ni en cómo sus ojos oscuros se iluminaban cuando sonreía, ni en cómo reaccionaba su piel con el mínimo roce de sus labios.

Se preguntó, amargamente, por qué no se había conformado con su éxito empresarial. Por qué se vengaba con ella.

En condiciones normales, esa tarde habría estado en Londres, en casa, charlando con Molly.

Pero nada volvería a ser normal. Su vida había cambiado para siempre. No volvería a ser libre, estaba segura de ello y eso la asustaba.

Un escalofrío recorrió su espalda.

Capítulo 7

NATASHA se estudió en el espejo de cuerpo entero. El ligero vestido de seda color crema, con falda hasta las rodillas y finos tirantes era muy atractivo, pero su diseño impedía llevar sujetador y la avergonzaba cómo el tejido se pegaba a sus senos.

No había tenido intención de cambiarse para la cena, pero Josefina había tenido otras ideas. Seguía órdenes de su amo. Lo primero que hizo fue exigir que le diera el traje gris oscuro.

–El señor Alexandros no quiere volver a verlo, señorita –había anunciado–. Hay muchas cosas bonitas donde elegir –añadió, tentadora.

Natasha contuvo una retahíla de insultos. Discutir por una chaqueta y una falda no cuadraba con su plan de obediencia fría e indiferente.

–Bien –forzó una sonrisa y encogió los hombros–. Puedes recogerlo cuando me duche.

Josefina rebuscó en el armario y sacó la bata plateada que, para asombro de Natasha, había sido lavada y planchada en algún momento del día.

Ya sola, descubrió que en los cajones había un tesoro de lencería de seda y encaje, hecha a mano, que para su sorpresa, era más bonita que erótica.

En el cuarto de baño encontró todos sus productos de aseo, perfume, cremas y lociones, favoritos. Sin duda, eso se debía a la sirvienta sobornada. No soportaba que él supiera tanto cuando, hasta la noche anterior, para ella había sido un desconocido que sólo había visto de lejos.

«Pero que nunca olvidaste...», le recordó una vocecita interior. Se dijo que eso había sido su notoriedad como mujeriego y playboy.

La última vez que había visto los titulares había sido en su trigésimo cumpleaños. Estaba en la piscina del *Selene*, acompañado de seis bellas jóvenes desnudas, en una «orgía de celebración».

—Es sensacional —había confiado a la prensa una de ellas: Sharmayne Eliot, una curvilínea pelirroja, modelo y actriz—. Ahora sé por qué lo llaman Alejandro Magno.

Natasha se había preguntado con desprecio cuántos idiomas había tenido que utilizar esa noche y había tirado la revista a la papelera.

Cuando salió de la ducha, fresca y perfumada, Josefina la esperaba para hacerle la manicura. Natasha, furiosa, pensó que Alexandros debía de preferir las caricias de manos suaves. Después tuvo que soportar, apretando los dientes, que le pintara las uñas de los pies de color rosa.

Odiaba que la estuvieran convirtiendo en un clon de las chicas mimadas que solían salir con él. Pero los cambios eran superficiales, nunca conseguiría cambiarla por dentro.

Natasha estaba segura de que su aspecto exterior no compensaría su falta de experiencia. Ningún hombre la querría como amante. Excepto Alex, para satisfacer su deseo de venganza. Era su trofeo, un símbolo de su victoria en una guerra que había durado demasiado.

Quisiera lo que quisiera de ella, seguro que no era

la pasividad resentida que le esperaba. Cuando emprendiera su viaje de placer, lo haría solo. Se aseguraría de ello.

Alexandros llegó al *Selene* cuando caía el sol.
Natasha había pasado la tarde en la suite, inquieta y nerviosa, oyendo los ruidos y órdenes de cubierta y lanchas que iban y venían. Supuso que traían a otros pasajeros. Tal vez otras chicas, para hacer honor a la reputación del yate.

Kostas había ido de vez en cuando, para preguntarle si quería algo y, finalmente, para decirle que la lancha que traía al señor Alexandros estaba en camino. Sin duda suponía que eso la haría correr a cubierta para darle la bienvenida.

–Gracias –le dijo, volviendo a prestar su atención a la revista que estaba leyendo.

Poco después oyó pasos y risas masculinas. Se puso en pie y se secó las palmas de las manos en la falda del vestido. Temblaba por dentro.

Se abrió la puerta y Alex entró. Lo primero que pensó fue que parecía cansado. Llevaba la chaqueta y la corbata colgadas del brazo y necesitaba un afeitado.

Aguzó los ojos al verla. Dio un paso hacia ella. Natasha se puso rígida y apretó las manos. Él se detuvo y sus labios se curvaron con sorna.

–*Kalispera,* Natasha *mu.* Te pido disculpas por hacerte esperar, pero la reunión se complicó –le dijo con tono frío y cortés.

–Si tienes ganas de dar explicaciones, ¿podrías decirme qué hago en este barco?

–Me pareció que estabas pálida y estresada. Decidí que un poco de sol y mar podrían devolverte el color y el ánimo. Y que preferirías un crucero por las islas a quedarte en Atenas.

—Así que chasqueaste los dedos y organizaste esto ¿no?

—Más o menos —se encogió de hombros—. Paso mucho tiempo a bordo del *Selene*. Es casi como mi hogar y suele estar listo para zarpar. Espero que el personal te haya hecho sentir cómoda.

—Por supuesto. Esto es una prisión de lujo.

—¿Eso es lo que piensas considerarme? —enarcó una ceja—. ¿Tu carcelero?

—Hasta eso sería demasiado halagador —su voz sonó fría como el hielo.

—Natasha *mu*, ha sido un día largo y difícil. No necesito otra discusión, créeme. Ten cuidado —replicó él—. Zarparemos en quince minutos. Cuando me haya duchado, te enseñaré el *Selene*. Verás cuántas posibilidades de relax ofrece.

—No. Gracias. Ya he visto el dormitorio, que imagino es la única zona del barco que me concierne, y dudo que vaya a ser relajante. Pero atiende a tus invitados. Seguro que se mueren por inspeccionar las instalaciones, son famosas.

—Aparte de la tripulación y el servicio, estaremos solos —dijo él con una leve sonrisa.

—Pero... Creí que siempre invitabas a un montón de gente —se sorprendió ella.

—En el barco pueden alojarse quince personas —empezó a desabrocharse la camisa—. No son tantas. ¿Estás decepcionada?

—¿Qué más me da? —encogió los hombros—. El *Selene* es tu yate. Puedes hacer lo que gustes.

—Sí. Y por eso voy a dedicarte toda mi atención, *agapi mu*. Pero no será tan sencillo como esperaba

—hizo una mueca—. Gracias a tus hermanos, los asuntos de mis nuevas empresas están muy complicados; puede que tenga que dejarte sola a veces —sonrió burlón—. Espero que no sea un problema para ti. ¿O quieres que invite a alguien para que te haga compañía en mi ausencia y practicar tus dotes de anfitriona?

—No, por favor —lo miró horrorizada—. Es lo último que deseo.

—Yo pensaba que eso era yo, me alivias —murmuró él—. Respecto al itinerario, ¿tienes algún destino favorito en las Cícladas? ¿Paros o tal vez Santorini? Si es así, sólo tienes que decirlo.

—No he visitado ninguna de las islas —contestó ella tras un breve silencio—. Al tío Basilis no le gustaba salir de Atenas. Pero tía Theodosia tuvo una casa en Alyssos. ¿Lo conoces?

—Sí, lo conozco —dijo Alex con voz queda.

—Recuerdo que Stavros y Andonis hablaban de las vacaciones que pasaron allí, antes de que naciera Irini —siguió Natasha—. Pero tío Basilis prefería el Peleponeso y ella nunca discutía con él.

—Una joya de mujer —dijo él con tono áspero.

—Sí que lo es —afirmó Natasha—. Piénsatelo antes de decir nada malo de ella, la adoro.

«Además tiene mejor opinión de ti de la que te merecerás nunca», pensó para sí.

—No hace falta que me recuerdes tu afecto por ella. Es la única razón de que estés aquí ahora, y eso se lo agradezco —sonrió de nuevo—. Voy a ducharme. Le he pedido a Mac que cene con nosotros, espero que no te moleste.

—Oh, no —se apresuró a decir ella—. Está bien.

—Al menos será más agradable que estar sola conmigo —ironizó él, de camino al dormitorio.

Ella se dio cuenta de que había estado conteniendo la respiración, por si insistía en que se duchara con él. De momento, estaba a salvo.

Se reunió con ella media hora después. Llevaba pantalones caqui de pierna estrecha y camisa negra, abierta al cuello y arremangada hasta el codo. Estaba recién afeitado.

—Estamos en marcha —dijo—. En ruta a Mykonos para empezar. Luego, ya veremos.

—¿Vamos a cenar en cubierta? —preguntó ella.

—Hace una noche preciosa. ¿Tienes algún problema con cenar al aire libre?

—No, en absoluto.

—Mac me ha dicho que no has salido de la suite desde que llegaste a bordo.

—Puede que sea por vergüenza —replicó, seca—. Todo el mundo en el barco sabe exactamente por qué me has traído. ¿Te das cuenta de lo poco que me gusta que me exhibas así?

—Si nos hubiéramos quedado en Atenas, estarías bajo el escrutinio de mucha más gente. Te acostumbrarás —se encogió de hombros—. Voy a tomar un vasito de *ouzo*. ¿Quieres? —le ofreció.

—Agua mineral, por favor. El alcohol me da sueño y supongo que no te gustaría eso.

—Muy considerado por tu parte. Sin embargo, la idea de verte adormilada, con la cabeza apoyada en mi hombro, me resulta atractiva.

—Pero a mí no.

—Espero que llegue a parecértelo alguna noche futura —Alex alzó su vaso—. Por ti, *agapi mu*. Eres muy bella.

—Debes de pensarlo, o no estaría aquí.

—¿No puedo hacerte cumplidos?

—Ya has hecho uso de mí. No tienes necesidad de perder el tiempo con cumplidos —tomó un sorbo de agua, consciente de que la observaba.

—Ese vestido te favorece, ¿te gusta?

—Sí, desde luego. Es precioso. Y todo lo demás también. Eres muy generoso —era la prenda más glamorosa y cara que había tenido en su vida—. Pero no estoy acostumbrada a ropa como ésta.

—Me sorprendería oír que los Papadimos te vestían con harapos, *pedhi mu*.

—Oh, no —negó rápidamente—. Pero tía Theodosia es muy estricta, así que no solía salir por las noches. No necesitaba vestidos como éste.

—Fuiste al menos a un evento social —tomó un sorbo de *ouzo*—. A un recepción de la embajada.

—¿Te acuerdas de eso? —lo miró sorprendida.

—¿Por qué no? ¿Es que tú no lo recuerdas?

—Alguien me indicó tu presencia —admitió ella—. Por tu acompañante, una modelo llamada Gabriela, que era muy famosa. Bellísima.

—Y también muy delgada. Espero que tengas mejor apetito que ella. Es agotador comer con una mujer que mira hasta la lechuga con suspicacia.

—Creo que alguien le dijo a tío Basilis que estuviste allí, porque hubo una discusión y no me permitieron aceptar más invitaciones de Lindsay.

—Mi pobre Natasha. Por lo visto, tengo mucho que compensar —hizo una pausa—. Ese vestido necesita algo. Un collar, tal vez —dijo, mirando su cuello y luego bajando la vista hacia sus senos.

—No uso collares —mintió ella—. No me gustan.

—Ah —resultó obvio que no la creía—. Aceptas ropa

porque no tienes otra opción, pero otros regalos están prohibidos, ¿es eso?

–No siempre. Esta mañana me regalaste esa carta. Y te lo agradezco mucho.

–¿Qué hiciste con ella?

–La rompí.

–¿Y la tiraste?

–Aún no. Sigue en mi bolso. Cuando tenga oportunidad, la quemaré.

–Tráela. Lo haremos ahora –ordenó Alex.

Cuando regresó con el sobre, él tenía una bandeja de metal y una caja de cerillas en la mano. Natasha le dio los fragmentos y los quemó.

–Ya está, *pehdi mu*. Ahora olvídala. Ya no se interpone entre nosotros.

–¿Cómo puedes decir eso? –echó la cabeza hacia atrás–. ¿Crees que puedo olvidar cómo me trataste? ¿De veras piensas que quemar unos trozos de papel compensará lo que me has hecho?

–No. Pero tenía la esperanza de que fuera el principio de un nuevo entendimiento.

–Pues te engañas. Siempre estará entre nosotros. Si piensas lo contrario, te equivocas.

–Eso podría parecer –dijo él, templado–. Pero espero que no estropee nuestra cena. ¿Vamos?

Para sorpresa de Natasha, la cena fue mejor de lo que esperaba. El entorno era ideal. La mesa, resplandeciente de plata y cristal, estaba en la cubierta principal, bajo un toldo. El mar Egeo brillaba bajo la luna.

La comida fue deliciosa. Empezaron con empanadillas de carne, hojas de parra rellenas, anchoas frescas, salchichas especiadas, tartaletas de tomate y orégano y queso feta. Siguieron con picantones al vino con judías verdes y patatas, acompañados por un refrescante vino blanco seco. La comida la completó una crema dulce con cardamomo y miel.

La presencia de Mac Whitaker alivió parte de la tensión. A Natasha la asombró que los hombres se tutearan. Basilis Papadimos no habría admitido esa familiaridad a ninguno de sus pilotos.

Gran parte de la conversación se centró en la reciente remodelación del *Selene*, así que Natasha apenas habló. Pero, por lo que oía, había tenido un coste altísimo. Alex debía de tener dinero a espuertas.

–Señorita Kirby, ¿qué opina de la diosa lunar de Alex? –le preguntó Mac Whitaker.

–No entiendo –le dijo, sonrojándose.

–¿No me dijiste que Selene era la diosa de la Luna en la mitología? –le preguntó él a Alex–. ¿Y que habías elegido el nombre a propósito?

–Sí. Así es –contestó Alex–. Y creo que fue la elección correcta –puso la mano sobre la de Natasha–. ¿No te parece, *pedhi mu*?

–La verdad es que no –dijo ella con voz fría, retirando la mano–. Circe habría sido más apropiado. ¿No era ella la diosa que convertía a los hombres en cerdos? –vio que Mac tensaba el rostro, pero Alex no se inmutó.

–Eso dicen. Pero bastó un hombre mortal, más listo que ella, para domarla. Tal vez deberías recordar eso, Natasha *mu*.

–Será mejor que os deje ya –comentó Mac, apartando su silla–. Buenas noches a los dos.

–Di lo que tengas que decir –desafió Natasha, cuando estuvieron solos.

–¿No crees que te facilitarías las cosas si utilizaras

tu energía para complacerme, en vez de intentar irritarme?

—Te las facilitaría a ti, sin duda —alzó la barbilla—. Puede que te sorprenda, Mandrakis, pero no voy a degradarme para complacerte, me pertenezco a mí misma y eso no cambiará por mucho tiempo que me obligues a pasar en tu gastado colchón.

—Como quieras —se encogió de hombros—. Pero eso no cambiará mi decisión —hizo una pausa—. Pero tu descripción del colchón es errónea, Natasha. Si hubieras escuchado durante la cena, sabrías que la suite principal ha sido totalmente renovada hace una semana. Todo es nuevo, incluida la cama, que espero te resulte cómoda.

Esbozó una sonrisa fría, casi impersonal.

—¿Te parece que entremos a comprobarlo?

Ella había intentado alargar la cena al máximo, comiendo despacio y tomando un segundo café, para retrasar el momento de estar a solas con él. Pero el momento había llegado. Se levantó y lo siguió sin protestar, no habría servido de nada.

Entraron a la suite y Alex cerró la puerta.

—Voy a tomar un brandy. ¿Me acompañas?

Ella negó con la cabeza, apenas había probado el vino y estaba completamente sobria.

—En ese caso, te aconsejo que te retires. Pronto me reuniré contigo.

Ya en el dormitorio, Natasha cerró la puerta, se apoyó en ella y suspiró. Las lámparas estaban encendidas y la cama abierta. Había una prenda blanca encima. Natasha comprobó que era un camisón largo con tirantes finos y diminutos botones satinados cerrando el escote.

Una prenda que ella habría elegido, si su presupuesto lo permitiera. Era muy discreta. Se preguntó, irónica, si había sido idea de Josefina.

En el cuarto de baño se lavó, se cepilló los dientes y se puso el camisón. El espejo confirmó que era casi opaco. Salió y fue hacia la cama.

La puerta se abrió

Alex estaba en el umbral, descalzo y con la camisa desabrochada. No habló, se limitó a mirarla.

Aunque ella sabía que el camisón ocultaba su cuerpo, se sintió más vulnerable que la noche anterior, estando desnuda. Tomó aire, alzó la barbilla y lo miró a los ojos, intentando disimular su inexplicable timidez

Él siguió inmóvil, contemplándola. Cuando por fin habló, su voz sonó áspera, casi ronca.

—¿Quieres casarte conmigo? —preguntó.

Para Natasha, fue como un golpe en el estómago. Dio un paso atrás, muda de asombro.

—¿Estás de broma?

—Te estoy pidiendo que seas mi esposa. ¿Aceptas?

—¡No! Dios mío, no. Ni aunque el mundo fuera a acabar mañana. Tienes que estar loco, o borracho, para sugerir algo así.

—¿Por qué te parezco tan inaceptable? —su rostro era un juego de planos y sombras. Su boca una fina línea. El rostro de un desconocido.

—Yo diría que es obvio, incluso para ti.

—Si lo fuera, no preguntaría. Dímelo. Dijiste que estabas dispuesta a serlo, por escrito.

—Eso fue una broma, y mala. Si estuviera en mi mano, no pasaría ni una hora más contigo. ¿Por qué iba a atarme a ti de por vida? —inhaló con fuerza—. ¿Creías que comprarme un vestuario entero me haría cambiar de actitud? Eres rico y caprichoso, Alex Mandrakis, el peor esposo posible. No te aceptaría ni envuelto en papel de regalo. Además, tú nunca has querido casarte, ¿qué objetivo tiene esta ridícula proposición?

–Tal vez –dijo él lentamente–, su objetivo sea esa recompensa que mencionaste antes. Y también –siguió–, garantizar que si ayer engendramos un hijo, pueda llevar legalmente mi apellido.

–Por favor, no te preocupes de eso –escupió Natasha con desdén–. En el remoto caso de que estuviera embarazada, no sería por mucho tiempo. Un hijo mío tendrá que ser de un hombre al que ame y respete; tú no cabes en ese escenario. La única manera de compensar tu comportamiento sería ponerme en el siguiente vuelo a Londres, para que no tenga que verte nunca más. Pero supongo que eso no entra en tus planes.

–No –musitó él–. Desde luego que no.

–Entonces, olvidemos esa bobada del matrimonio. Volvamos a centrarnos en la razón por la que estoy aquí. ¿Te refresco la memoria?

Llevó las manos a los botoncitos del escote del camisón y los soltó. Deslizó los tirantes hombros abajo y dejó que la prenda cayera a sus pies.

Luego, provocativa, se puso una mano en la cadera y se apartó la melena del rostro con la otra.

–Lo que ves es lo que hay. Y es lo único que tendrás de mí. La cena ha sido fantástica y seguro que ahora esperas tu propio festejo privado. Intentaré no decepcionarte... por esta vez.

–Te lo agradezco, desde luego, pero mi apetito se ha esfumado de repente. Buenas noches –dijo Alex con voz gélida. Salió y cerró la puerta.

Natasha lo oyó salir de la suite. Supo con certeza que no iba a volver.

Capítulo 8

NATASHA se dijo que eso era lo que había deseado. Pero, de repente, a pesar de que era una noche cálida, empezó a tiritar. Recogió el camisón del suelo y se lo puso antes de meterse en la cama.

No había contado con dormir. Había imaginado que pasaría la noche a merced de Alex. Tenía que aprovechar el respiro, pero descubrió que no podía conciliar el sueño. Los acontecimientos de la velada se repetían en su mente como un vídeo.

Había recibido su primera proposición matrimonial y no sabía si reír o llorar. Además, se sentía inquieta por la violencia de su reacción.

Podría haberse limitado a decir «no», sin gritar e insultar como hacía Irini en uno de sus días malos. Sin embargo, se sentía justificada. Él la había herido y había necesitado hacerle lo mismo.

Había tenido más éxito del esperado. El rictus de su rostro antes de irse lo había dejado claro. Pero no se sentía en absoluto triunfal.

Acababa de pasar por las veinticuatro horas más duras de su vida, era innegable. Pero estaba descubriendo complejidades en la situación que la alarmaban.

Había habido momentos en los que casi había olvidado por qué estaba allí. Y eso lo había provocado Alex Mandrakis. A veces le hablaba como si fuera un ser humano, no un mero objeto sexual. La miraba como si la deseara, pero no había intentado aprovecharse de la situación.

Lo curioso era que se había sentido casi decepcionada cuando él no la tomó en sus brazos al llegar a la suite y por eso le había insultado y se había desnudado con una vulgaridad que la avergonzaba. Había tenido miedo de su debilidad potencial porque recordaba la sensación de su cuerpo a su lado y en su interior y había llegado a sentirse excitada. Al comprender que deseaba que la tomara de nuevo, se había defendido.

Su instinto le había dicho que no le gustaría que rechazara su propuesta de matrimonio ni que lo retara sexualmente. Y había acertado. Sólo necesitaba descubrir la manera de convertir la separación temporal en permanente.

Lo había airado una vez y podría volver a hacerlo.

—No quiero que sea amable conmigo —susurró en la oscuridad—. Diga lo que diga tía Theodosia, quiero juzgarlo con dureza. Mantener vivos mi desagrado y mi resentimiento para no especular con otras posibilidades. Dios sabe que tengo motivos para odiarlo.

Ahuecó la almohada. La Natasha Kirby real manejaba su vida y su empresa con eficacia. Resolvía los problemas con racionalidad y sabía que, para ella, los únicos cimientos de la relación entre hombre y mujer eran la amistad, los intereses compartidos y el respeto mutuo.

Se alegró de no haber aceptado el brandy; el alcohol la habría llevado a creer que se estaba enamorando de él. Natasha suspiró, se puso de costado e intentó relajarse. Su mente no dejaba de dar vueltas en círculo y tenía que descansar.

Pero tardó al menos una hora en dormirse. Soñó que corría por un laberinto de calles en camisón, y cada vez que daba la vuelta a una esquina llegaba a la misma plaza de la iglesia, donde Alex Mandrakis la esperaba con un ramo de novia de rosas blancas.

La mañana siguiente se despertó temprano y se quedó un momento inmóvil, preguntándose qué la había despertado y por qué se movía el dormitorio. Entonces recordó la pesadilla en la que se había convertido su vida y enterró el rostro en la almohada. Pensó que, al menos, no seguiría soñando con bodas.

Había asistido a varias bodas griegas, pero nunca se había imaginado como participante en una. La idea de caminar hacia el altar con Alex Mandrakis era más que increíble.

Él se sentía culpable, con razón, pero no podía pensar en serio que accedería a casarse con él para acallar su conciencia. Ni para dar legitimidad a un bebé que sin duda no existía; ni siquiera se atrevía a pensar en la otra posibilidad. Alex Mandrakis y ella eran casi dos desconocidos y quería que siguieran siéndolo. Tenía que resistir cualquier tentación de relajarse y disfrutar con su compañía.

Tal vez la falta de apetito sexual que le había provocado la noche anterior se hiciera permanente y decidiera enviarla de vuelta a casa.

Miró la tersa almohada que había al lado. De repente, se le ocurrió que tal vez desnudarse como lo había hecho no hubiera sido buena idea. Había tenido suerte de que él no aceptara su absurdo reto, o su despertar habría sido muy distinto. Su reloj, que había dejado en la mesilla, le indicó que era muy pronto, acababa de amanecer. Demasiado temprano para una persona que quisiera dar la impresión de haber pasado una noche tranquila y relajada.

Volvió a preguntarse qué la había despertado. Al

darse la vuelta, vio que uno de los cajones del armario, en el lado que ocupaba Alex, estaba levemente abierto, en vez de cerrado.

Natasha se apoyó en un codo. Tal vez, como si tuviera un sexto sentido, había sido su presencia en la habitación lo que la había despertado. Si el *Selene* podía acomodar a quince personas, no le habría faltado cama donde pasar la noche, pero lo de la ropa limpia del día siguiente era otra cosa.

La extrañó que hubiera ido él mismo, pero no se imaginaba a Josefina o al meticuloso Kostas dejando un cajón mal cerrado o la puerta del dormitorio abierta de par en par.

Si había sido Alex, probablemente tampoco hubiera pasado una buena noche. Se mordió el labio; eso no habría mejorado su mal humor.

En Mykonos había aeropuerto y sabía que la Corporación Mandrakis era accionista mayoritaria de una aerolínea, así que podía librarse de ella cuando quisiera. Se tumbó de nuevo y se tapó, rezando porque Alex la dejara ir.

La siguiente vez que abrió los ojos, Josefina estaba junto a la cama, con una bandeja con zumo de naranja, café, huevos revueltos y tostadas. Estaba muy seria. Sin duda, se había enterado de que Alexandros no había pasado la noche en su cama y lo desaprobaba.

Natasha empezaba a desayunar cuando notó que el *Selene* había dejado de moverse.

–¿Hemos llegado ya a Mykonos? –preguntó.

–Sí, hace dos horas.

Natasha pensó que tendrían que haberla despertado antes; ya podría estar en camino.

Cuando salió del cuarto de baño, después de ducharse, Josefina estaba colocando un bikini verde jade y una camisola a juego sobre la cama.

—¿Puedes decirme dónde están mi traje y mi bolsa de viaje?

Josefina, atónita, dijo que no lo sabía. Natasha se acercó al armario y echó un vistazo. Habría preferido irse como había llegado, sin nada pagado por Alex, pero no tenía esa opción. Eligió la prenda más sencilla: un vestido de lino, azul marino. Sencillo, pero de corte exquisito y sin duda muy caro.

Josefina, retorciéndose las manos, le dijo que hacía demasiado calor para ponerse ese vestido.

—Por favor, Josefina, no te preocupes —repuso ella, pensando que en Inglaterra no lo haría. Mientras se ponía protección solar en las partes expuestas de la piel, la pobre Josefina siguió mascullando para sí. Natasha supuso que las amantes habituales se ponían la ropa que les indicaba y recibían a Alex con los brazos abiertos.

Él la esperaba en cubierta, apoyado en la barandilla. Sólo llevaba pantalones cortos y unas gafas de sol. Estaba serio.

—*Kalimera*. ¿Has dormido bien? —saludó.

—Sí, gracias —ella alzó la barbilla—. Respecto a lo de anoche...

—Creo que sería mejor que lo olvidáramos —la detuvo él.

—Dudo que sea posible —dijo Natasha rápidamente—. Te dije cosas muy desagradables.

—Eso no es lo peor que podría haber ocurrido.

—¿No? —Natasha se inquietó. La conversación no estaba yendo como había planeado.

—No —farfulló él—. Podrías haber aceptado mi propuesta de matrimonio y ambos habríamos sido desgraciados el resto de nuestras vidas.

–Si crees eso, ¿por qué me lo pediste?

–Locura temporal. Un impulso sentimental del que me arrepentí enseguida. Como tú me recordaste, querida, soy el último hombre de la tierra que necesita una mujer. Por suerte, no ocurrió nada irremediable.

–Pero querrás que me vaya, ¿no?

–No, ¿por qué iba a querer esa tontería?

–Porque tienes que estar enfadado conmigo.

–Perdí el control, cierto. Pero ya lo he recuperado, junto con mi apetito –dijo con voz suave–. Así que no irás a ningún sitio, querida. Esta noche me compensarás por tus duras palabras y aprenderás a hablarme con más dulzura.

–Piénsalo, por favor. No soy la única persona implicada, sé que has estado saliendo con alguien hace muy poco. ¿Lo niegas?

–No, ¿por qué iba a hacerlo?

–Porque deberías tener más consideración con ella –Natasha tragó saliva–. Piensa en cómo se sentirá cuando descubra que he estado contigo.

–Eso no es problema tuyo.

–¿Crees que entenderá que sólo me tomaste por venganza? –volvió las manos, con gesto suplicante–. Puede que tu novia esté enamorada de ti y esto le haga daño. ¿Eso no te importa?

–Nunca he animado a las mujeres que comparten mi cama a enamorarse de mí. Sería una pérdida de su tiempo y del mío. Y Domenica no es ninguna excepción. Sabía desde el principio que nunca habría nada serio entre nosotros.

–Haces que suene muy fácil –le tembló la voz–. Espero y deseo que un día una mujer te haga auténtico daño y descubras cuánto se sufre.

—Llegas con retraso —dijo él, agrio—. Hace años que sé cómo duele que te rompan el corazón. Y también que, eventualmente, confiere inmunidad —señaló las casas blancas y las iglesias de tejados azules y terracota que había a su espalda—. Eso es Mykonos. Esta tarde, cuando refresque, iremos a cenar a uno de mis restaurantes favoritos. Espero que apruebes el plan.

—Dudo que tenga otra opción —musitó ella.

—Por fin estás aprendiendo —hizo una pausa—. Ahora tengo trabajo que hacer. ¿Por qué no te pones algo más fresco y bajas a la piscina? Me reuniré contigo después.

—Porque prefiero quedarme donde estoy, como estoy —tomó aire—. Además, ¿no te aburriría compartir la piscina con una sola chica en vez de varias, como es tu costumbre?

—Chicas desnudas —ronroneó Alex—. Has olvidado decirlo, pero seguro que lo tenías en mente. No las echaré de menos —torció la boca—. Desde que te conozco, has sido tantas mujeres distintas que empiezas a parecer una multitud.

Se marchó y Natasha se quedó allí parada, rabiando de impotencia.

Por la noche, Mykonos se convertía en una ruidosa y brillante fiesta. Las estrechas y laberínticas calles estaban tan concurridas que Natasha tuvo la sensación de que le faltaba el aire.

Había oído decir que Mykonos era la isla más cara del Egeo y no lo dudó. Mirara donde mirara, veía joyerías, boutiques y gente rica y bella. Se sentía como pez fuera del agua.

Admitió, con desgana, que era una suerte ir de la mano de Alex Mandrakis. Vestido con pantalones crema y camisa sin cuello, de rayas grises y crema, parecía un turista más. Sin embargo, la gente se apartaba a su paso. Natasha lucía un vestido negro sin mangas, con falda corta de vuelo y zapatos de tacón; Josefina había insistido en que se pusiera zapatos de tacón y, como no estaba acostumbrada, le costaba seguir el ritmo de Alex.

Iorgos, el perro guardián, iba tras ellos.

—Pensaba que se había quedado en Atenas —había dicho ella, atónita, al verlo.

—Sólo mientras yo estuve allí. Regresamos juntos, cosa que habrías visto de estar en cubierta.

—Sin duda para impedir que te apuñalara alguna amante abandonada —había replicado con desdén, ignorando el reproche implícito.

—Si eso llegara a ser un problema, lo resolvería yo mismo —había mascullado Alex—. Pero no suelo abandonar a las mujeres, Natasha *mu*. Cuando algo se acaba, se acaba. ¿No es mejor reconocerlo y separarse como amigos?

—¿Amigos? Tu lista de felicitaciones de Navidad debe ser como una guía telefónica.

—Por suerte, no tengo que pegar los sellos yo.

A Natasha no se le había ocurrido ninguna respuesta apropiada. Lo cierto era que hablar hacía que se sintiera menos nerviosa.

Había pasado sola casi todo el día. No había tardado en arrepentirse de su decisión de seguir vestida. El intenso calor la había llevado a refugiarse en la suite, empapada de sudor. Se había sentido aún peor cuando oyó el chapoteo del agua en la cubierta inferior; Alex, sin duda, debía de estar refrescándose en la piscina.

No quería reunirse con él. Estaba enfadada consigo misma por haber aludido al escándalo de su fiesta de cumpleaños, porque él pensaría que había seguido con avidez su carrera erótica en la prensa rosa.

Que Alex hubiera revelado que había sufrido un desengaño sentimental no excusaba su comportamiento con ella ni con la chica que la prensa denominaba su «constante compañera».

Alex era un mujeriego empedernido y su primer amor, quienquiera que fuese, había tenido suerte al escapar de él.

Podría haberse refrescado dándose una ducha fría, pero no había pestillos en las puertas de la suite y no quería que Alex la sorprendiera haciéndolo, por ridículo que fuera a esas alturas. Así que había esperado la llegada de Josefina, contando con su presencia como una especie de salvaguardia.

Cuando Alex llegó al dormitorio, ya estaba vestida y cepillándose el pelo ante el tocador.

Se había obligado a quedarse sentada e inmóvil mientras él la examinaba de arriba abajo.

—Eres preciosa, Natasha —había dicho él, antes de ir hacia el cuarto de baño.

El restaurante Leda estaba al final de un callejón. El jefe de sala les dio la bienvenida y los condujo a un tranquilo patio interior, donde las parras conferían intimidad a las mesas. Iorgos se quedó en una mesa del salón principal, bullicioso e iluminado.

Natasha vio, de inmediato, que tendrían que sentarse uno junto al otro, en un largo banco tapizado.

—¿Quieres beber algo? —ofreció él.

—Gracias —dijo—. *Ouzo* —añadió, desafiante.

–¿El olvido y la resaca son preferibles a mi compañía? –ironizó él con una sonrisa.

–Eres muy perspicaz al adivinarlo.

–No ha requerido mucha inteligencia –repuso Alex con voz seca, antes de llamar al camarero.

Cuando llegaron las bebidas, añadió agua a las copas y le ofreció la suya.

–Por el placer, mi bella niña –brindó.

Ella murmuró algo incomprensible y tomó un trago que le provocó un ataque de tos.

Alex le quitó la copa de la mano y le ofreció un inmaculado pañuelo de lino para que se secara los ojos. Un camarero llegó apresuradamente, con un vaso de agua mineral.

–Bebe esto, despacio –dijo Alex, dándoselo.

Ella obedeció, avergonzada porque se habían convertido en el centro de atención del patio.

–Gracias –dijo, cuando pudo hablar–. Había olvidado cuánto odio el *ouzo*.

–¿Y por qué lo has pedido? ¿Esperabas librarte de mis atenciones esta noche muriendo atragantada? ¿No es un poco exagerado eso?

–Pensé que si me emborrachaba muy deprisa, no te gustaría –admitió ella, sin mirarlo.

–¿Y que si me ponía de mal humor dormirías sola una segunda noche? –movió la cabeza lentamente–. No, Natasha *mu*. La próxima vez que me vaya será cuando tú y yo hayamos acabado –hizo una pausa–. Si te has recuperado, pediremos la cena. ¿Te gusta el marisco? La brocheta de langostinos es excelente. De segundo, puedo recomendar el pollo con salsa de nueces o la ternera con alcaparras.

Imposible mantener la fachada de indiferencia cuando estaba muerta de hambre. Se relamió.

Poco después, el camarero llegó con una cesta de pan caliente y una botella de vino blanco. Las brochetas de langostinos a la parrilla iban acompañadas de arroz y ensalada. Natasha pidió pollo de segundo y Alex ternera, ambos platos con guarnición de patatas asadas y judías verdes.

Natasha se comió hasta la última migaja, y bebió con gusto el vino tinto que siguió al blanco, aunque protestó cuando el camarero intentó rellenarle la copa.

–¿Es que al final quieres que me emborrache? –le preguntó a Alex.

–En absoluto –sonrió él–. Sólo que estés más relajada que al principio de la velada.

Natasha rechazó el postre, pero probó los higos rellenos de nueces y especias que pidió Alex. Lo cierto era que se había relajado mucho. Aunque estaba sentada muy cerca de él, en ningún momento había intentado tocarla y empezaba a sentirse segura. Lo más asombroso era que le había hecho reír, y más de una vez.

Pensó que ésa era su forma de operar, el secreto de su éxito con las mujeres. Y ella, como una tonta, se lo estaba poniendo fácil.

–¿Algo va mal? –preguntó él, de repente.

–En absoluto. Es un sitio perfecto –sonrió–. Recordaré esta fabulosa comida cuando esté de vuelta en Londres, almorzando un sándwich.

–Espero que haya muchos más recuerdos placenteros –dijo él, sarcástico. Pidió la cuenta.

La cena había concluido. Natasha recogió su bolso y tembló por dentro mientras cruzaban el restaurante y él respondía a los saludos de otros comensales. El chef salió de la cocina para hablar con él.

Era como Alejandro Magno, exhibiendo su última

conquista. Natasha había percibido que su mesa recibía mucha atención, y no sólo de los camareros. Mucha gente los había observado con disimulo. Supuso que su vida sería así durante un tiempo, de interés público, pero no podía hacer nada para evitarlo.

Cuando volvían hacia el barco, uno de los tacones de Natasha se enganchó en un adoquín y tropezó. Un segundo después, Alex estaba a su lado y la alzaba en brazos.

–Ten cuidado, pequeña mía. Un tobillo roto no encajaría para nada en mis planes.

–Déjame en el suelo –protestó Natasha.

–¿Por qué iba a hacerlo? –respondió él risueño–. Me gusta sentirte en mis brazos.

Hubo un inesperado destello. Natasha cerró los ojos; Alex maldijo, pero siguió andando. Iorgos se adelantó, corriendo. Volvió negando con la cabeza. Oyeron el rugido de una motocicleta.

–Lamento eso, *agapi mu* –dijo Alex, en el barco que los llevaba al *Selene*–. El Leda tiene una lista negra de reporteros y fotógrafos, pero intenta proteger a su clientela. Imagino que esta noche alguien utilizó su móvil para alertar a un fotógrafo. Si es así, le ha proporcionado la foto del año.

–¿Por qué disculparte? –perdió la vista en la oscuridad–. Eso establecerá mi posición en tu vida, exactamente como querías. Ya me lo dijiste.

–Cierto. Pero pretendía que ocurriese cuando y como yo decidiera.

Ella pensó, sombría, que así sería siempre, desde el primer momento hasta el último, cuando la echara de su vida.

Sintió el sabor amargo de las lágrimas en la garganta. «Esto es una locura», se dijo.

Capítulo 9

NATASHA, contemplaba Mykonos por la ventana del salón de la suite. Durante un breve e increíble momento, en brazos de Alex, había sentido el impulso de agarrarse a su cuello y apoyar el rostro en la curva de su hombro.

De no haber sido por la intervención del fotógrafo, lo habría hecho. Y habría sido desastroso. Se preguntaba qué le estaba ocurriendo. No se conocía a sí misma.

Necesitaba toda su fuerza y resistencia para crear una barrera defensiva mientras estuviera sola. Alex se había quedado hablando con Mac Whitaker, pero intuía que la conversación no duraría mucho.

Al llegar, tras dejar el bolso y el chal en el sofá, se había quitado los zapatos y había entrado descalza al dormitorio.

Igual que la noche anterior, la cama estaba abierta, las lámparas encendida y había otro bonito camisón sobre la cama. Era obvio que esperaba encontrarla sumisa y acostada.

Media hora antes habría sido capaz de hacerlo. Se habría acostado, cerrado los ojos y soportado sus atenciones, consolándose con la reflexión de que nada duraba para siempre.

Pero la había confundido darse cuenta de lo que empezaba a sentir y había vuelto al salón, casi más asustada de sí misma que de él.

De repente, intuyó que no estaba sola, aunque no había oído ningún ruido. Se le secó la boca. Vio su reflejo en la ventana cuando se acercó en silencio. Alex rodeó su cintura con los brazos, atrayéndola. Ella se tensó un instante, pero después, a su pesar, se relajó al sentir el calor y fuerza de su cuerpo tras ella.

Tuvo que admitir, avergonzada que sería muy fácil entregarse. Por increíble que pareciera, se sentía casi segura. Pero los brazos de Alex no eran un santuario. Era un depredador sexual y no podía olvidarlo ni un momento, ni tampoco que él era el causante de su inseguridad.

Fue casi imposible recordar esos factores vitales mientras él le daba la vuelta y alzaba su barbilla para besarla. Sobre todo porque sus labios eran cálidos, seductores y dulces y exploraban los suyos como si fuera la primera vez. Como si ella aún conservara la inocencia y buscara su consentimiento.

Cuando alzó la cabeza, se tambaleó en sus brazos, sintiéndose casi abandonada por culpa del deseo que había vuelto a despertar en ella.

—¿Quieres que llame a Josefina para que te ayude con el vestido? —preguntó él.

—Pero tú... ¿no quieres...? —tartamudeó ella, sorprendida por la pregunta.

—Claro que sí, *agapi mu*. Pero esta vez no voy a dar nada por sentado.

Ella lo miró, agrandando los ojos. Le estaba diciendo que no la obligaría a entregarse. Que, asombrosamente, la decisión sería de ella.

Supo, sin dudarlo, que su cuerpo ya había elegido por ella. De alguna manera, en las últimas cuarenta y ocho horas, el deseo que había provocado en ella se había transformado en necesidad, no podía negarlo.

—Entonces la respuesta es no. No la necesito –dijo, con un hilo de voz. Apoyó las manos en su pecho y sintió el pálpito de su corazón. Las deslizó hacia sus hombros y se apoyó en él porque le temblaban las piernas.

—Ay, Dios –dijo él, ronco. La atrajo hacia sí y puso una mano en su espalda. La besó más profundamente, llevándola a abrir los labios para introducir la lengua en su boca.

Natasha respondió al beso, olvidando su timidez inicial. Notaba pesadez en los senos y una extraña tensión en los pezones.

Los labios de Alex pasaron a acariciar su frente, sus párpados y sus mejillas. Luego apartó su cabello para lamerle el lóbulo de la oreja.

Después, tomó su rostro entre las manos y besó su boca de nuevo, antes de bajar por su cuello y la curva de sus hombros desnudos.

Sintió que le desabrochaba el corchete del vestido y tiraba de la cremallera. Bajó el corpiño lo suficiente para liberar sus senos y contemplarlos con mirada hambrienta.

Natasha cerró los ojos y se apoyó en su brazo mientras él acariciaba y lamía sus pezones, provocándole un placer casi insoportable. No había imaginado que pudiera llegar a sentirse así, que su cuerpo podría derretirse, disolverse por la fuerza de su anhelo. Ni que gemiría suavemente hasta que él la silenciara con sus besos.

Alex, sin dejar de besarla, la alzó en brazos, la llevó al dormitorio y la dejó sobre la cama. Se tumbó a su lado y alzó la falda de tafetán para acariciar su rodilla y subir lentamente, trazando dibujos en la suave y vulnerable piel del interior de sus muslos, hasta que los abrió para él.

La estaba llevando, inexorablemente, al borde del abismo. Ella supo que esa vez la poseería de una forma muy distinta. No buscaba sólo la capitulación de su cuerpo, sino también la de su voluntad y sus sentidos. Eso la asustaba.

Intentó decir «no», pero sólo consiguió emitir una mezcla de gemido y suspiro cuando él apartó el encaje de sus bragas y descubrió su carne ardiente y excitada.

Él había hablado de placer y allí estaba por fin, en el voluptuoso movimiento de sus dedos que exploraban su feminidad lenta y profundamente, acariciando y presionando, buscando una respuesta que ella fue incapaz de negar. Natasha sintió que se perdía y ahogaba en un mar de deliciosas sensaciones.

Alex volvió a besar sus senos y succionó los pezones con erotismo. Al mismo tiempo, sus dedos seguían explorando su zona más íntima, hasta penetrar en la húmeda calidez.

Ella gimió suavemente y él acalló el sonido con su boca, dando al traste con los últimos vestigios de su control. Se retorció a su lado, buscando más, consciente sólo de la boca que la poseía y de los dedos que la llevaban al límite.

Su temblor empezó a convertirse en una pulsión que ascendía en una espiral imparable. Arqueó el cuerpo hacia él y oyó su voz ronca gemir «Alex, oh Dios, Alex...»

Un instante después alcanzó el clímax y su cuerpo estalló en una sucesión de espasmos de placer salvaje e incontrolable. Cuando recuperó el aliento y un vestigio de cordura, los brazos de Alex la rodeaban y él murmuraba en su oído. Enterró el rostro arrebolado en su hombro.

Oyó el sonido de una cremallera. Se sentía demasiado lánguida y relajada para protestar cuando él le quitó el vestido y se apartó de la cama. Cuando volvió a su lado estaba desnudo.

Empezó a besarla de nuevo, acariciando cada curva y valle casi con reverencia, como si quisiera memorizar su cuerpo con la yema de los dedos.

Cuando su boca redescubrió sus senos, Natasha descubrió, con asombro, que sus pezones volvían a tensarse bajo su lengua. Que todo su cuerpo empezaba a despertar de nuevo y su carne ardía por responder a esas caricias que anhelaba.

Sintió la dureza de su erección presionando entre sus muslos y su cuerpo se tensó con fiereza, deseando sentirlo en su interior. Se estiró bajo él, buscando su miembro e, instintivamente, empezó a acariciarlo, titubeante al principio, más segura después, cuando oyó su gruñido de placer.

–Espera –gimió él. Se dio la vuelta y sacó un preservativo del cajón de la mesilla. Se lo puso y volvió a su lado. La besó con pasión–. Ahora, preciosa mía. Tómame ahora.

Deslizó las manos bajo sus muslos y la alzó levemente. Ella gimió y lo guió al interior de su sexo húmedo y sedoso. Al sentirlo dentro tuvo una increíble sensación de plenitud.

Era como si su cuerpo hubiera sido creado para ese momento. Para ese hombre...

–Dios, eres tan suave como siempre había soñado, como siempre supe que serías...

Empezó a moverse lentamente, como si intentara controlar su placer para incrementar el de ella. Otra cosa que Natasha no había esperado.

–Si vuelvo a hacerte daño, dímelo –le dijo.

–¿Y qué harías? ¿Parar? –gimió ella, sin aliento, mientras su cuerpo empezaba a derretirse bajo el ritmo fluido de su posesión. Le parecía increíble sentirse así de nuevo, tan pronto...

–Sí. Me pararé. Si tú quieres. ¿Es así?

Ella respondió llevando las manos a su cuello para atraer su boca. Alzó las piernas para rodear su cintura, invitándolo a penetrarla más profundamente. La respuesta de él fue inmediata, casi explosiva. Cambió de ritmo y la arrastró con él en una ola de pasión ardiente e incontrolable.

Se aferró a él, jadeante, consciente sólo de la frenética sensación que le provocaba con cada embestida. Volvió a sentir el rápido ascenso hacia el éxtasis. Gritó con una mezcla de júbilo y miedo al llegar la culminación y oyó que gritaba su nombre cuando él, a su vez, se entregó al clímax.

Silencio.

Natasha sentía el peso de la cabeza de Alex sobre su pecho. Tenía el cuerpo voluptuosamente relajado, pero su mente era un torbellino.

Se preguntaba si todo el mundo experimentaba lo mismo al practicar el sexo. Esa exquisita fusión de alma y cuerpo que hacía olvidarlo todo excepto el glorioso momento compartido.

Estaba segura de que no habría sido así si hubiera hecho el amor con Neil.

Pero no podía olvidar que con Alex no había hecho el amor, sólo había practicado el sexo. Se había convertido en la amante de Alex Mandrakis voluntariamente, ni más ni menos. Y en el proceso había perdido el refugio de su fuerza moral; ya no había lugar para el disimulo.

Se había traicionado a sí misma en un instante, gracias a la destreza sexual de un hombre experto en complacer a las mujeres. Un hombre que la había convertido en un ser sollozante, tembloroso y anhelante, en el objeto de su placer. Y que esperaría lo mismo de ella en el futuro.

Se fustigó mentalmente. Tenía que recuperar la cordura si quería sobrevivir cuando se cansara de ella. Marcharse, sin mirar atrás, tenía que volver a convertirse en su máxima prioridad.

Alex se quitó de encima y se tumbó a su lado, una sonrisa iluminaba sus ojos oscuros.

—Dime —susurró, apartándole el cabello del rostro—. ¿Me aprecias más ahora, *agapi mu*?

Natasha desvió la mirada, consciente de que su corazón se había acelerado al percibir la ternura de sus ojos y el tono cariñoso de su voz. Una clara advertencia del peligro que la acechaba y del que tenía que defenderse.

—No —se tensó—. ¿Por qué iba a hacerlo?

—Esperaba que... —dejó de acariciarla—, que el placer que hemos compartido ayudara.

—Ah, entiendo. Tal vez esperas que te felicite por tu técnica. Y con razón —añadió—. Eres la prueba viviente de que la práctica lleva a la perfección. Hasta una estatua de mármol respondería a tus caricias. ¿Es lo que querías oír?

—No. Al contrario. Creía que haber hecho el amor mejoraría el entendimiento entre nosotros —torció la boca con una mueca—. Al menos, ahora sé cómo conseguir que me llames por mi nombre.

Ella se sonrojó al recordar el momento en el que lo había hecho.

—No te equivoques —le aconsejó con frialdad—. Lo que acaba de ocurrir no tiene nada que ver con el amor. Lo único que ha cambiado, Mandrakis, es que ahora me desprecio tanto como te odio a ti. Y nunca te perdonaré por eso.

—¿Por qué? —frunció el ceño—. ¿Por demostrarte cómo ser una mujer con tu hombre?

—No eres mi hombre —lo miró desafiante—. Y nunca lo serás. Eres una inconveniencia temporal de la que espero librarme pronto, para seguir con mi vida. Cuando conozca a mi hombre será lo contrario de ti. Aparte de muchas cualidades de las que tú careces, tendrá sentido de la decencia.

—Y tú, Natasha *mu*, no serás tan inocente como eras —replicó él con dureza—. Dile a mi sucesor que debería agradecérmelo —bajó de la cama, fue al cuarto de baño y cerró la puerta.

Natasha se puso de costado. Su estratagema parecía haber tenido éxito. Pero no sabía cuántas veces tendría que enfadarlo antes de que, harto, la dejara marchar. Tampoco sabía cuánto tardaría en olvidar ese ágil y magnífico cuerpo que tan bien manejaba, ni cuándo dejarían de atormentarla el recuerdo de sus caricias y el sabor de su boca.

Al menos esa noche había utilizado protección, así que había reconsiderado su intención original de avergonzar a los Papadimos dejándola embarazada. Supuso que tendría que estarle agradecida por eso.

Se sentó, recogió el camisón del suelo y se lo puso. Luego se tapó con la sábana y apagó la lámpara para intentar dormir, aunque en su mente se sucedían las preguntas. Cada día, cada hora que pasaba con Alex, su confusión mental y emocional se incrementaba.

Por eso, sabía que había hecho lo correcto al despreciarlo. No podía permitir que la tentación la debilitara, tenía que protegerse.

Se tensó al oír que volvía. El colchón se hundió levemente y la otra lámpara se apagó. Esperó, nerviosa, que la tocara, pero no lo hizo. Pasado un rato, comprendió que esa noche no habría más contacto entre ellos, ni físico ni verbal.

Cerró los ojos, consciente de que iba a ser difícil conciliar el sueño pero, en cambio, sería muy fácil echarse a llorar.

La mañana siguiente, cuando Natasha abrió los ojos, descubrió dos cosas: que el *Selene* se movía y que estaba sola en la enorme cama. Se incorporó lentamente, preguntándose cuándo habían empezado a navegar y dónde estaba Alex.

No había planeado iniciar el día así. Aunque no iba a pedirle perdón por lo dicho, sí se había planteado acercarse a él y dar pie a algún tipo de reconciliación.

Pero él no estaba allí para seducirlo. Que se hubiera levantado sin decir palabra indicaba que seguía enfadado. Tendría que poner en práctica un plan B, que aún no existía en su mente.

Fue al cuarto de baño. Había una toalla húmeda en el cesto de la ropa sucia y olía a jabón y loción para después del afeitado. Cerró los ojos y, por un instante, le pareció estar de nuevo en sus brazos, inhalando el aroma de su piel...

Se oyó susurrar su nombre y se llevó la mano a la garganta, horrorizada al comprender lo que estaba pensando y sintiendo. No podía ser verdad; sólo estaba abrumada por su increíble reacción física cuando Alex la había iniciado en los misterios del sexo.

No podía desear a un hombre que había dado la vuelta a su vida con cinismo despiadado y que tres días antes había sido un extraño para ella.

Cierto que no había olvidado a Alex Mandrakis desde la noche que lo vio en la recepción de la embajada, hacía tres años. Pero entonces había sido una adolescente que quedó prendada de un hombre glamoroso y mayor que ella que tenía el atractivo de la fruta prohibida.

Desde entonces, había leído todos los artículos que publicaban sobre él. Había devorado con avidez cada palabra y descubierto que la afectaban personalmente, incluso le dolían.

Había intentado dejar de interesarse por el enemigo de su familia, que no era más que un despreciable y odioso mujeriego. Se había dicho que ni él era Romeo ni ella Julieta. Aun así, no había conseguido poner fin a su obsesión.

Tenía que enfrentarse al hecho de que se había abierto una puerta a un mundo nuevo y distinto en el que Alex la esperaba, como siempre había sabido, intuitivamente, que ocurriría. Sin embargo, era una locura pensar que había estado o, peor aún, que seguía estando enamorada de él.

Porque antes de que Stavros y Andonis intervinieran con la desastrosa oferta de boda, ella había logrado sacárselo de la cabeza. Si hubiera seguido en Inglaterra, Alex Mandrakis no sería más que un inocente recuerdo de juventud que la haría sonreír cuando fuera feliz con otra persona.

Sin embargo, había acabado descubriendo lo que era pertenecerle en la cama. Por más que intentaba odiarlo con todas sus fuerzas, la antigua atracción seguía allí, esperando volver a la vida.

Lo deseaba y, peor aún, lo amaba.

Se dejó caer en el suelo y se rodeó el cuerpo con los brazos. Era una tonta, pero al menos había tenido el sentido común de entender que la calidez y seguridad que sentía en sus brazos era ilusoria.

«Nunca he animado a las mujeres que comparten mi cama a enamorarse de mí. Sería una pérdida de su tiempo y del mío», había dicho Alex. Natasha sintió que el dolor la atenazaba.

Inicialmente, él la había reclamado por venganza, como trofeo de guerra. Luego por la novedad que suponía para él. Nunca sería más.

Un sollozo le atenazó la garganta. Tendría que esconder sus verdaderos sentimientos hasta que la dejara ir. Y durante el resto de su vida sin él.

Capítulo 10

FINALMENTE, el miedo a que la descubriera allí, llorando en silencio, la llevó a ponerse en pie.

Se duchó rápidamente, buscó el bikini color jade y el bonito blusón que había rechazado el día anterior y se los puso. Pensó, irónica, que se estaba vistiendo para él. Aceptaba el papel que le había impuesto, porque no podía tener esperanza de más y era mejor que nada...

Tras cepillarse el pelo, se puso máscara en las pestañas y un toque de carmín coral en los labios. Estudió su imagen en el espejo, buscando algún rastro que delatara la tormenta emocional que la había asolado minutos antes o el desolador vacío que había ocupado su lugar.

Después, armándose de valor, subió a cubierta. Mykonos ya no era más que un puntito en el horizonte. No vio a Alex por allí.

–¿Quiere desayunar, señorita? –preguntó Kostas, acercándose a ella.

–Sí, por favor –forzó una sonrisa al ver que sólo había un cubierto en la mesa–. ¿Ha desayunado ya el señor Mandrakis?

–Hace horas, señorita –la miró con sorpresa–. Antes de marcharse a Atenas.

–¿No está a bordo? ¿Se ha ido?

–Sí. Tomó el primer avión que salía de Mykonos –hizo una pausa, claramente incómodo–. ¿No lo sabía?

—Sabía que tenía que regresar —encogió los hombros y sonrió—. Pero no que sería tan pronto.

Recordó lo que él había dicho la noche anterior: «La próxima vez que me vaya será cuando tu y yo hayamos acabado». Se le encogió el corazón. Tal vez no volvería a verlo.

—¿Quiere café, señorita? —preguntó Kostas.

—Sí, por favor —Natasha alzó la barbilla con orgullo—. Y tomaré una tortilla con queso y jamón, panecillos, yogur y fruta fresca.

No sabía cuánto podría comer, pero al menos no daría la impresión de que la marcha de Alex la había afectado. Fue a sentarse a la mesa.

Pensó que esa vez le había hecho daño de verdad y se estremeció por dentro. Si era el caso, le extrañaba que no la hubiera llevado a tierra y metido en un avión, lavándose las manos de ella.

Tal vez quería castigarla con la espera, atormentarla con la incertidumbre. Si era el caso, lo había conseguido, pero no por las razones que él imaginaba. La tortura sería ocultarle sus verdaderos sentimientos cuando regresara.

Compuso el rostro al oír pasos y ver que Mac Whitaker se acercaba a la mesa.

—Buenos días, señorita Kirby —saludó, más cívico que cordial—. Parece que hará muy buen día —miró el cielo despejado y azul intenso.

—Así es —corroboró Natasha—. Van a traerme el café. ¿Puedo ofrecerle uno?

Tras un titubeo, aceptó y se sentó frente a ella.

—Así que dejamos atrás Mykonos —dijo Natasha con ánimo—. Es una lástima. Me habría gustado ver los famosos pelícanos.

—Estoy seguro de que habrá otras oportunidades en el futuro —dijo el capitán. Kostas llegó con el café y una jarra de zumo–. Cuando Alex tenga menos asuntos entre manos.

–Tal vez –Natasha hizo una pausa–. Supongo que Iorgos, su perro guardián, se habrá ido con él.

–Sí, pero es sólo porque el padre de Alex se preocupa mucho por él. Así lo mantiene contento.

–¿Hay razones para preocuparse? –Natasha sirvió una taza de café y se la dio.

–Ha habido amenazas, en el pasado –dijo él, lacónico. Natasha imaginó quién las había hecho.

–¿Además de las de esposos airados? –preguntó ella con ligereza.

–¿Esposos airados? Lo dirá en broma –movió la cabeza–. Nunca se ha relacionado con mujeres casadas.

–Usted lo sabrá mejor que yo –tomó aire–. ¿Podría decirme hacia dónde vamos?

–¿No se lo ha dicho Alex? Vamos a Alyssos.

–¿Alyssos? –repitió Natasha, mecánicamente. Su corazón se aceleró. Tal vez Alex no había decidido marcharse para no volver.

–Supongo que habrá oído hablar del lugar.

–Sí –musitó ella, desconcertada–. Una persona que conozco solía pasar mucho tiempo allí.

–Pues sería alguien muy rico –dijo Mac Whitaker–. La isla es un mini paraíso para millonarios; el turismo está mal visto. Sólo hay un par de pueblos, olivares y unas pocas casas de gente muy rica. El padre de Alex es dueño de una. De hecho, Alex nació allí. ¿No se lo ha dicho?

–No –admitió ella. Por fin entendía que tía Theodosia no hubiera vuelto a la isla. Algo más de lo que culpar a la maldita contienda–. Creía que Alex era ateniense de pies a cabeza.

–Puede que Alyssos no tenga importancia para él

–Mac Whitaker se encogió de hombros–. Dudo que su padre o él hayan pasado mucho tiempo allí en los últimos años, pero sé que Alex reformó la casa hace poco, como si pretendiera volver a utilizarla en el futuro. Tal vez sea una sorpresa para usted –esbozó una sonrisa cortés.

–Sí. Se le dan bien las sorpresas –suspiró–. ¿Le ha dejado instrucciones para mí?

–Nada concreto –tomó un sorbo de café–. Por supuesto, espera que se sienta cómoda y supongo que agradecería que evitáramos que cayera por la borda, dado que no sabe nadar. Aparte de eso...

–¿Quién ha dicho que no sé nadar? –no podía haber sido Alex, que la había espiado desde las sombras, en Villa Demeter.

–Lo he supuesto –Mac se encogió de hombros–. No se ha acercado a la piscina desde que subió a bordo.

–A diferencia de las invitadas habituales, ¿es eso? –vio que Mac se ruborizaba–. Tal vez no me hagan gracia las cosas que asocio con ella.

–Supongo que lo dice por la famosa fiesta de cumpleaños –curvó la boca con desagrado–. En eso se equivoca, señorita Kirby.

–¿Insinúa que Alex no estuvo en la piscina con seis chicas desnudas? –alzó la barbilla.

–Unos segundos, después de que lo tiraran dentro, vestido. Adivinó que era un montaje incluso antes de que ellas se desnudaran y saltaran al agua. Yo estaba allí, señorita Kirby, y le aseguro que Alex salió de la piscina antes de que se acercaran a él. Hizo que sacaran a las chicas del agua, les dio su ropa y las envió de vuelta a Rodas, junto con el idiota al que habían convencido para que las invitara. La escena sólo duró unos minutos. La mitad de los invitados no se enteraron hasta que leyeron el artículo.

—Pero, si era mentira ¿por qué no lo rebatió el señor Mandrakis en un comunicado de prensa?

—Tal vez porque es orgulloso y le pareció indigno prestar atención a esa basura —Mac Whitaker apretó los labios—. Sin duda usted, mejor que nadie, sabrá que no le gustan esas cosas.

—Al menos, no en público —sugirió Natasha.

—¿Cree que él habría insultado a sus amigos, por no hablar de sus esposas y acompañantes, entre ellas mi prometida Linda, con esa clase de comportamiento? —movió la cabeza—. Jamás. Además, la piscina del *Selene* es de agua salada, poco indicada para ese tipo de juegos —añadió.

—Ah —Natasha se sonrojó—. No lo sabía.

—Ya veo. Disculpe si mis palabras están fuera de lugar, señorita Kirby, pero no la entiendo. Está viviendo con Alex y, sin embargo, no parece pensar nada bueno de él.

Natasha, angustiada, no supo qué decir. No podía confesar que en los últimos tres años él había rondado su mente a menudo y acababa de darse cuenta de que lo amaba con todo su ser, en contra de su voluntad, sus principios y su buen juicio. Que perderlo sería como sufrir la amputación de un miembro y saber que su tiempo con él estaba limitado era mil veces peor.

—Ocurriera lo que ocurriera en esa fiesta, su reputación de mujeriego no es ningún secreto. No puedo simular que no lo sé.

—Le gusta relajarse en compañía femenina, no lo niego —aceptó Mac—. Es soltero y tiene derecho a disfrutar. Pero es una lástima que nadie mencione que trabaja una barbaridad.

—Es muy leal con su jefe, capitán Whitaker.

—Tengo mis razones. Alex no es sólo mi jefe, señorita Kirby, es amigo mío desde hace tiempo y mi familia le debe mucho.

—No lo sabía —se sorprendió ella—. ¿Cómo se conocieron, si no le molesta decírmelo?

—La Corporación Mandrakis es accionista de Bodegas Oz. Mi padre está a cargo de uno de sus viñedos y Alex pasó un tiempo con nosotros, aprendiendo el negocio —sonrió con añoranza—. Somos cinco hermanos y él era hijo único, huérfano de madre desde los seis años. Mi madre lo ayudó a salir de su aislamiento.

Natasha imaginó a un niño tímido y solitario reconfortado por una familia de extraños.

—Cuando volvió a Grecia, creímos que no lo veríamos más. Pero se convirtió en un visitante habitual. Creo que le gustaba tener un sitio al que ir para escapar de las tensiones del hogar familiar.

—Eso lo entiendo —Natasha recordaba que cualquier enfrentamiento con los Mandrakis ponía a Basilis Papadimos de mal humor durante días. Cuando se le pasaba, era como si volviera a lucir el sol... hasta la próxima vez—. Entonces, ¿sabe lo de la contienda entre las dos familias?

—En parte —hizo una mueca—. Sé que Alex la odiaba y quería que acabase de una vez —alzó una ceja—. ¿Cómo es que está al tanto de eso?

—Viví en Atenas un tiempo —dijo ella. La alegró que no supiera cómo había empezado su relación—. Allí todo el mundo sabe que existe, pero no cómo empezó. ¿Lo ha mencionado Alex?

—A mí no. Creo que es un tema tabú. Si se lo confió a alguien, sería a mi madre. Es la discreción en persona y adora a Alex por lo que hizo por Eddie.

—¿Eddie?

—Mi hermano menor. El cerebro de la familia. Fue a

la universidad y esperaba licenciarse con matrícula de honor. Pero se juntó con mala gente y acabó metido en drogas y endeudado. Alex intuyó lo que ocurría y lo rescató –empezó a enumerar con los dedos–. Pagó sus deudas, lo llevó a un centro de rehabilitación y le soltó un buen rapapolvo. Ed dejó las drogas y acabó sus estudios.

Se rascó la sien con un dedo.

–Alex también se benefició. Estaba destrozado por un asunto romántico que había acabado mal. Arriesgaba su vida en carreras de coches y de barcos, no le importaba vivir o morir. Ed le proporcionó algo distinto en lo que pensar.

Enrojeció al darse cuenta de que hablar de otra chica delante de ella no era lo más adecuado.

–Pero de eso hace mucho. Ya está olvidado.

–¿Está completamente seguro de eso?

–Al cien por cien –desvió la mirada–. Aquí llega su desayuno, la dejaré comer en paz.

Pero Natasha no sentía ninguna paz mientras se esforzaba por comer la deliciosa tortilla. Alex había quedado devastado por un fracaso amoroso, sin ganas de vivir. Se preguntó si Gabriella, la preciosa modelo que lo había acompañado en la recepción de la embajada había sido la mujer que lo había rechazado como esposo para dedicarse a su carrera profesional.

Si era el caso, no era tan raro que hubiera acabado utilizando a las mujeres para satisfacer sus necesidades físicas, negándoles una participación seria en su vida. También explicaba que hubiera estado dispuesto a considerar el falso matrimonio que le habían ofrecido Stavros y Andonis.

La idea le había hecho recordar a la chica que había visto una vez, al otro lado de una gran sala. Una chica que no tenía razones para desearlo y por eso podía ser adecuada en un matrimonio de conveniencia. Él lo habría visto como un asunto de negocios, exento de amor por ambas partes, que tendría la ventaja de poner fin a la peligrosa e irritante contienda entre sus familias.

Una idea tentadora para un hombre que no tenía ningún deseo de compromiso.

Había decidido echar otro vistazo a su esposa en potencia para asegurarse de que podría soportar ver su rostro en la almohada las noches que pasara en casa. Por eso, con la connivencia de Stelios, había ido a espiarla, a pesar del riesgo.

Podrían haberse encontrado en la escalera que llevaba a su balcón y Alex habría tenido que huir antes de que sus gritos alertaran a toda la casa.

O tal vez habría simulado que había actuado guiado por un impulso romántico. Y si hubiera dicho que, tras verla, estaba dispuesto a casarse de inmediato, Stavros y Andonis no habrían podido negarse. Habría tenido que ser ella la que rechazara el matrimonio y dejase claro que pretendía regresar a Inglaterra de inmediato.

Allí habría acabado todo. Sin segundas cartas ni recriminaciones. Habría recuperado su vida.

Pero él la había descubierto en la piscina, desnuda, y se había limitado a espiarla.

Natasha, desesperada, pensó que tenía que centrarse en otra cosa. Decidió recorrer el *Selene*, cualquier cosa era mejor que encerrarse en la suite y seguir dándole vueltas a la cabeza.

Alex había dicho que el yate era casi su hogar. Tal vez obtendría pistas sobre esa otra identidad suya que empezaba a descubrir. La del hombre que era «buen amigo», no el mujeriego que proporcionaba titulares a la prensa; alguien que había sido un niño solitario y tímido, no un depredador vengativo. La del amante experto y al mismo tiempo cargado de ternura, del hombre que una vez había amado a una mujer con desesperación, sin ser correspondido.

«Puede que descubras que es mejor de lo que crees», le había dicho tía Theodosia y empezaba a pensar que quizá tuviera razón.

Cuando acabó de desayunar fue en busca de Mac Whitaker.

—Me preguntaba si podría enseñarme el yate. ¿O sería mejor que se lo pidiera a Kostas?

—No hará falta, señorita Kirby —sonrió con calidez—. Me encantará acompañarla.

Empezaron por el gran salón de la cubierta principal, con comedor adjunto, que se utilizaba para recepciones. Después fueron a la sala de conferencias, situada junto al despacho privado de Alex, el único sitio al que no podían entrar.

—Me jugaría la vida —le dijo Mac, risueño—. Además, está cerrado con llave.

Natasha se asombró al ver la pequeña pero cómoda sala de cine y se quedó muda al comprobar que también había una sala de juegos para niños.

—Muchos amigos de Alex tienen niños —le aclaró Mac—. Es padrino de varios. Y a veces sus contactos de negocios traen a su familia con ellos. Alex cree que así el ambiente es más relajado cuando acaban las reuniones.

Natasha intentó, sin éxito, imaginarse a Stavros, Andonis y las esposas de ambos disfrutando de los lujos del *Selene*.

Todos los camarotes eran elegantes, con cuartos de baño glamorosos. También se habían cuidado las dependencias de la tripulación y la cocina estaba inmaculada y reluciente.

—¿Qué le ha parecido? —preguntó Mac una hora después, mientras bebían limonada sentados junto a la piscina.

—Bellísimo. Un palacio flotante.

Pensó que no tenía calidez de hogar, pero quizás eso se debiera a que Alex era reacio a asentarse. Era demasiado fácil levar anclas siempre que le apetecía.

—Es raro que su padre no volviera a casarse tras enviudar. Podría haberle ofrecido a Alex un entorno más estable y hermanos y hermanas.

—Bueno, el señor Petros no tiene buena salud —dijo Mac—. Hace años sufrió un grave accidente de coche. Ha pasado por el quirófano varias veces, sobre todo por problemas de espalda, pero sigue andando con bastón.

—Ah —Natasha alzó las cejas—. No lo sabía.

Era verdad. Los Papadimos hablaban de Petros Mandrakis como si fuera el mismo diablo, un enemigo fuerte y poderoso.

—Alex no suele hablar del tema —siguió Mac—. Pero supongo que por eso lo convenció para que le dejara dirigir el negocio: para que descansara y recibiera más tratamiento. De hecho, ahora está en Suiza, consultando a un nuevo especialista.

—Eso debe de preocupar a Alex.

—Sin duda. Su padre y él están muy unidos desde hace unos años. Si los Papadimos quieren seguir con la contienda, será una gran batalla.

—Estoy segura —tomó aire y esbozó una sonrisa—. Antes dijo que estaba comprometido. Por favor, hábleme de su novia.

—Pensamos casarnos el año que viene e instalarnos en Oz —le enseñó la foto de una bonita morena de ojos grandes.

—¿Dejará el mar?

—No, qué va. Pensamos montar una empresa de cruceros de placer —miró a su alrededor—. Echaré de menos el *Selene*, claro, pero no hay garantías de que siga navegando mucho tiempo más; no si Alex decide complacer a su padre y asentarse él también, cuando aparezca una heredera adecuada.

—¿Hay probabilidades de eso?

—Yo diría que es inevitable —dijo, incómodo—. El señor Petros quiere asegurarse una dinastía, y ahora que Alex está al frente del imperio Mandrakis, tendrá menos tiempo para...

—¿Diversiones como yo? —apuntó Natasha—. Tranquilo. No me hago ilusiones, cuando llegue el momento me iré sin protestar —dijo, al ver que enrojecía—. ¿A qué hora llegaremos a Alyssos?

—A media tarde. Josefina a empezado a hacer su equipaje. Desembarcará con usted, para que tenga a alguien conocido a su lado.

—¿No le importará? —Natasha digirió el dato.

—En absoluto. Su padre, Zeno, es el mayordomo de la villa y su madre, Toula, el ama de llaves. La cuidarán bien, señorita Kirby. Alex se ha asegurado de eso —se excusó y volvió al puente de mando.

Natasha se quedó sentada, perdida en sus pensamientos. Tenía la sensación de encontrarse ante un ovillo de lana enredado. Pasado, presente y futuro eran un lío de sucesos que tendrían sentido si supiera ponerlos en orden.

Pero su mente estaba dominada por la idea de Alex hijo complaciente, Alex marido, Alex padre.

Sólo podía rezar para que cuando llegara lo inevitable ella estuviera ya muy lejos de allí.

Capítulo 11

LA PLAYA que había bajo la casa era una media luna de arena pálida, con un embarcadero a un lado. Se había convertido en el refugio de Natasha mientras esperaba el regreso de Alex.

Igual que ella, todo el personal esperaba con ansia el regreso de su amo. Y él no parecía tener prisa por complacerlos.

En su ausencia, parecía haber entrado en una especie de limbo, atrapada entre la inquietud y la soledad, mientras los días se sucedían, eternos. Las noches eran aún peor, las pasaba tensa, anhelando algo que sólo Alex podía darle.

Y no había ninguna garantía de que fuera a hacerlo. Esa vez no habían colocado su ropa con la de él sino en una habitación de invitados, al final de un largo pasillo. Josefina, había cometido la indiscreción de cuestionar el tema, pero una mirada de su padre la había silenciado.

Zeno era un hombre alto y entrecano cuya actitud, aunque correcta, era distante, al igual que la de su regordeta esposa. Así que Natasha se alegraba de tener consigo a la risueña Josefina. Aunque la comida y el servicio eran excelentes, se percibía algo extraño en el ambiente.

Le preguntó a Josefina si no habían esperado su llegada y la chica admitió, avergonzada, que sus padres siempre habían creído que la primera mujer que el señor Alex llevara a Alyssos sería su futura esposa. Natasha comprendió su desaprobación, no la consideraban a su altura.

Se preguntaba dónde estaría situada la antigua casa de tía Theodosia y quién la ocuparía en la actualidad. Se planteó preguntárselo a Zeno, pero desechó la idea. Era un hombre fiel a los Mandrakis y mencionar el apellido Papadimos sería como agitar un trapo rojo ante un toro.

Se le ocurrió que sería buena idea ponerse en contacto con Molly, enterarse de cómo iba el negocio y asegurarle que volvería pronto.

Pero le negaron acceso al teléfono y al ordenador, diciéndole que podría utilizarlos cuando el señor Alexandros regresara.

Derrotada, se preguntó si temía que enviara un mensaje pidiendo que la rescataran, o algo así. No tener contacto con el mundo exterior le hacía sentirse como una prisionera, pero no podía decir que fuera infeliz allí.

Alyssos era una isla muy pequeña. Tenía un puerto diminuto, del mismo nombre, cuyo mayor atractivo era la llegada de un ferry a diario. No le habían permitido ir a verlo, tal vez por si intentaba escapar. En el *Selene* había descubierto que su pasaporte había desaparecido, así que no habría llegado muy lejos si intentara huir.

Aparte del ferry, el pasatiempo principal de la isla era observar los olivos y demás árboles frutales. En otras circunstancias, seguramente habría sido el remedio perfecto contra el estrés.

Igual que tumbarse en la orilla de la playa y dejar que las olas acariciaran su cuerpo. Podría haber sido un paraíso...

Villa Elena, nombrada en honor de la difunta madre de Alex, era un edificio de una planta, blanco y con tejado verde. Las paredes estaban cubiertas de buganvillas rosas y moradas. Contaba con dos alas, que se extendían hacia el mar, una dedicada a los dormitorios, y la otra a cocina, almacenaje y dependencias de servicio.

Los suelos eran de mármol claro, la decoración neutra y los muebles rectos y modernos, excepto los mullidos sofás y sillones del salón. Según Josefina, todo había sido diseñado por Alex.

En los jardines había una piscina de agua fresca, resguardada tras setos de hibisco y rodeada por un solárium con cabinas para cambiarse.

Natasha prefería la pequeña playa que había a doscientos metros de la casa. Cada mañana, manos desconocidas llevaban allí una tumbona, una sombrilla y una nevera con agua mineral.

Había un bote en el embarcadero y en la bahía un viejo velero pintado de color marrón, con las velas recogidas. Se puso protección solar y ocupó la tumbona.

El *Selene* había zarpado tras dejarla allí y se preguntaba dónde estaba. No había ido a recoger a Alex que, según Josefina, siempre llegaba en helicóptero.

Incluso le había mostrado la pista de aterrizaje, tal vez para que lo recibiera con un ramo de flores y una reverencia. Suspiró con impaciencia; no tenía sentido simular que no se moría por verlo.

Él no parecía compartir sus sentimientos, porque llevaba allí diez días sin noticias de él. Su orgullo no le permitía preguntar si alguien sabía cuándo llegaría. No dejaba de especular sobre su paradero ni, peor aún, sobre con quién estaría. Domenica era la opción más probable.

Era una cantante de rock italiana cuyo primer álbum, rebosante de sexualidad, había alcanzado los primeros puestos en las listas de audiencia, ayudado por las inevitables denuncias para que fuera retirado del mercado. La portada del álbum mostraba su bello rostro iluminado y su cuerpo desnudo entre sombras.

Natasha hizo una mueca. Era una digna rival. Suspiró y abrió la novela que estaba leyendo. Intentó interesarse en la historia, pero estaba demasiado inquieta para hacerle justicia.

Estaba pensando que cuando Alex regresara, si lo hacía, la encontraría al borde de una crisis nerviosa, cuando oyó el inconfundible sonido de un helicóptero. Se irguió y escrutó el cielo azul diciéndose que no tenía por qué ser Alex. Otros millonarios en Alyssos utilizaban el mismo medio de transporte.

A pesar del calor, se estremeció de excitación y deseo. Y también de miedo al pensar en su último encuentro y el silencio que había habido entre ellos desde entonces.

Natasha miró el libro y las letras se emborronaron ante sus ojos. No volvería a alzar la vista ni iría a la casa. Se quedaría allí, esperando.

La espera fue larga y pasó gran parte del tiempo en el agua, intentando aliviar su tensión y frustración nadando de un lado a otro.

Decidió volver cuando oyó el sonido del gong con el que Zeno anunciaba las comidas. Se puso el pareo sobre el bikini húmedo y se pasó los dedos por el cabello para desenredarlo un poco. Con un nudo en la garganta, fue hacia la villa.

Solía comer en la terraza y vio que la mesa estaba puesta, como siempre, bajo el toldo que había junto al salón. Para una persona.

Zeno salió con una jarra de agua y ensalada.

–Creía... creía que el señor Mandrakis estaría aquí

–dijo Natasha, incapaz de aparentar indiferencia ni un minuto más.

–Tiene una reunión de negocios, señorita –dijo Zeno, altivo–. Almorzará en el comedor con sus invitados.

–Entiendo.

Alex le estaba dejando claro su papel. Y no era el de anfitriona. En el mejor de los casos, le serviría de entretenimiento para sus ratos de ocio.

Así que se comió la ensalada y las chuletas de cordero, diciéndose que debería aliviarla que Alex no quisiera exhibirla como amante trofeo.

Zeno le llevó el café y dejó un sobre en la mesa. Ella lo abrió con dedos temblorosos. Dentro había otro sobre a su nombre, escrito con la inconfundible letra de Molly.

Querida Nat,

Siento tener que decirte esto cuando es obvio que tienes tus propios problemas, pero no tengo otra opción. Craig ha recibido una oferta para quedarse en Seattle dos años más; quiere que adelantemos la boda y vivamos allí. Yo quiero lo mismo, aunque no me lo esperaba. Creí que viviríamos en Inglaterra y la vida seguiría igual.

Necesito saber qué planes tienes. Y no soy la única; Neil no deja de llamar preguntando cuándo vas a regresar a casa.

Además, Servicios del Hogar nos ha hecho una buena oferta de compra de Te Ayudamos. Dadas las circunstancias, estando tú en Grecia y yo en América, deberíamos considerarla.

Mencionaba una cifra que dejó a Natasha sin respiración. Se apresuró a seguir leyendo.

Iba a escribirte a Atenas, pero el señor Stanopoulos, tu encantador abogado griego, dice que estás de viaje y se ocupará de hacerte llegar la carta. Él también opina que la oferta es demasiado buena para rechazarla.

Espero que no sea un golpe para ti, que acabas de pasar por la venta de la naviera.

Dime qué opinas y si estás bien. Diga lo que diga el señor Stanopoulos, empiezo a preocuparme. Además, voy a necesitar una dama de honor muy pronto.

Un abrazo,

Molly

Natasha releyó la carta. Pasó de la confusión a la suspicacia y, finalmente, a la ira. No estaba enfadada con Molly. Craig y ella estaban hechos el uno para el otro y les deseaba lo mejor.

La oferta de compra era otra cosa. Servicios del Hogar era una gran consorcio de empresas dedicadas a todo lo que podía necesitarse en un hogar: fontanería, electricidad, albañilería, decoración, diseño y limpieza. Por lo visto, querían empezar a prestar servicios más personales, como los de Te Ayudamos. Y habían elegido el mejor momento, como si supieran que Molly iba a trasladarse a Estados Unidos y que ella estaba fuera de escena.

Al comprender que sólo el señor Stanopoulos y Alex podían saber eso, Natasha se indignó. Estaban intentando robarle su vida.

Cuando regresara a Londres tendría que enfrentarse a una vida sin trabajo, un piso vacío y un futuro incierto, además de al inevitable dolor de ser la ex amante desechada por Alex. No podía permitirlo, necesitaba algo a lo que aferrarse mientras superaba su desengaño amoroso.

Apartó la silla, se puso en pie con la carta en la mano y fue directa hacia el comedor.

—El señor Mandrakis no desea que lo molesten, señorita —dijo Iorgos, que guardaba la puerta.

—Peor para él —dijo Natasha. Se metió por debajo de su brazo y abrió la puerta.

Estaban tomando café. La mesa estaba llena de papeles y el ambiente cargado de humo de tabaco. Seis cabezas se volvieron cuando entró. Al verla en bikini, cubierta sólo por el pareo semitransparente, hubo sonrisas y murmullos, excepto por parte de Ari Stanopoulos, que parecía angustiado, y de Alex, impasible.

—Natasha *mu* —dijo, poniéndose en pie—. Estoy celebrando una reunión de negocios.

—Eso me han dicho. Yo también tengo negocios que discutir —alzó la barbilla y dejó la carta en la mesa, delante de él—. Quiero que tú y tu lacayo, aquí presente, entendáis una cosa. No venderé mi empresa. Si ha sido idea tuya, olvídalo. Quiero retomar mi vida en Inglaterra donde la dejé, ¿está claro?

—Creo que será mejor hablarlo en privado —dijo él con calma. Se volvió hacia los demás—. Espero que me disculpen, caballeros.

Uno de los hombres murmuró algo en griego y los demás se rieron. Alex sonrió, agarró la carta y fue hacia Natasha. Le puso la mano en el hombro, y la condujo fuera de la sala. Después la llevó a su despacho y cerró la puerta.

—Veo que sigues buscando maneras de agotar mi paciencia, Natasha —agitó la carta en el aire—. ¿Qué tiene esto de urgente para que interrumpas una reunión, medio desnuda, como una loca?

—Nunca te ha molestado que llevara poca ropa. Cuanta menos, mejor —lo desafió ella.

—Sí, estando solos. Pero no en una reunión con colegas masculinos —hizo una pausa—. ¿Te das cuenta de lo que estarán pensando ahora sobre la relación que hay entre nosotros?

Natasha se sonrojó. Aunque había perdido fluidez en griego, en el comedor había entendido un par de palabras muy gráficas.

—Pues se equivocarán, ¿no?

—Sí —aceptó él—. Pero eso no acallará las especulaciones que estaba ansioso por evitar.

—¿No es un poco tarde para decidir que quieres mantener tu vida personal en privado?

—No —negó él—. No perdamos más tiempo —leyó la carta y apretó los labios—. Te piden que consideres una generosa oferta de compra de tu empresa, Natasha. ¿Cuál es el problema?

—No hay problema. Pero no voy a vender.

—Eso dices, pero puede que no sea tan sencillo.

—Por favor, no me digas que tu abogado ha aceptado la oferta en mi ausencia.

—No. No lo ha hecho.

—¿Y tú no estás detrás de la oferta?

—Hasta que Ari mencionó el tema, ni sabía el nombre de la empresa. ¿Te basta con eso?

Natasha lo pensó y asintió lentamente.

—Vamos progresando. Dime algo, ¿la señorita Blake es sólo una amiga que trabaja para ti y comparte piso contigo?

—No, claro que no. Molly es socia igualitaria en la empresa —se golpeó una mano con el puño de la otra—. Dios, si hubiera estado en Londres nada de esto habría ocurrido. Lo habría impedido.

—Estás siendo irracional —dijo él con frialdad—. ¿Habrías impedido que al prometido de tu socia le ofrecieran un empleo y que ella se fuera a vivir con él? —negó con la cabeza—. Lo dudo. ¿Qué ocurrirá cuando acabe vuestra sociedad?

—Creé Te Ayudamos yo sola. Puedo dirigirla sola en el futuro.

—¿Seguro? ¿Y qué me dices de los deseos de la señorita Blake?

—Molly tampoco quiere vender.

—¿Estás segura? —miró la carta y torció la boca—. Yo diría que está indecisa. Seamos prácticos. Si rechazas la oferta, ¿puedes permitirte comprar su parte? Tiene derecho a recibir el cincuenta por ciento del actual precio de mercado.

—Molly... Molly no me haría eso —Natasha sintió un vacío en el estómago.

—Entonces es tonta o una santa —replicó Alex con sorna—. Y puede que su futuro esposo opine que su trabajo merece su justa recompensa.

—Por supuesto, me ocuparé de eso —su voz sonó tensa—. Pediré un préstamo si hace falta.

—¿Igual que intentaron hacer los hermanos Papadimos? —movió la cabeza—. Dudo que lo consigas —le devolvió la carta—. Te recomiendo que lo pienses bien y decidas con la cabeza en vez de con el corazón. Debo volver a mi reunión.

Puso las manos sobre sus hombros y la atrajo. Besó su boca, con más ira que ternura o pasión. Luego la soltó con brusquedad y se fue.

Natasha se quedó parada, mirándolo, con una mano en los labios y la carta en la otra.

Había anhelado volver a estar en brazos de Alex,

sentir su boca en la suya. Pero el momento había sido muy distinto de lo que había soñado.

No creía que haber interrumpido la reunión medio desnuda fuera tan grave. Alex tendría que haber entendido que la carta de Molly la había transtornado y no sólo por la posible pérdida de su negocio; su mejor amiga iba a marcharse y ella estaría sola cuando más ayuda y apoyo iba a necesitar.

Tragó saliva. Parecía obvio que a él sólo le importaba su cuerpo, no sus sentimientos. Y estaba claro que no había olvidado o perdonado lo ocurrido la última vez que se habían visto.

Esa noche, cuando estuvieran solos, le ofrecería la respuesta física que esperaba de ella, sin reservas. Pero ocultaría sus sentimientos.

Sería lo más difícil: amar y dar en silencio.

Capítulo 12

A NATASHA no le resultó fácil escribir a Molly. Tras varios intentos consiguió una versión positiva, casi animosa, respecto a la oferta de Servicios del Hogar, que ocultaba su miedo.

Así que las dos empezaremos una nueva vida, concluyó. *Con mi parte podré viajar y hacer algo distinto, si quiero. ¿Fantástico, verdad? No te preocupes, volveré a tiempo para tu gran día.* Firmó la carta y la metió en un sobre.

En algún momento de la tarde había oído al helicóptero despegar. Supuso que llevaba a los invitados de Alex de vuelta a casa y temió que él se hubiera ido también.

Tras la puesta de sol, Josefina llamó a su puerta para ayudarla a elegir algo glamoroso que ponerse para dar la bienvenida al señor Alexandros. Eso dejó claro que no se había ido.

Pero Natasha rechazó su ayuda. Esa noche se vestiría sola, para ser desvestida más tarde. Sintió un cosquilleo de miedo y excitación.

Había decidido ponerse un sencillo vestido sin mangas, de sedosa tela verde oscuro que se pegaba a sus curvas. Se duchó y se dejó el pelo suelto, como le gustaba a Alex. Se perfumó, se puso rímel y se pintó los labios. Luego, armándose de valor, fue a buscarlo.

Estaba el salón con Ari Stanopoulos, charlando y

bebiendo *ouzo*. Volvió la cabeza al oírla llegar y, sin sonreír, miró su cuerpo de arriba abajo con descaro. Si hubiera estado solo, Natasha habría ido directa a él y le habría ofrecido sus labios con una muda invitación.

—Te alegrará saber que ha prevalecido el sentido común —le dio el sobre, aún abierto.

—¿Seguro que quieres que lea esto? —preguntó él alzando una ceja con ironía.

—He seguido tu consejo. Léela.

Él leyó la carta y se la dio al abogado.

—¿Quieres que Ari se ocupe de la transacción?

—Sería lo mejor —forzó una sonrisa.

—Prepararé los documentos —el abogado la miró con amabilidad—. No puede haber sido una decisión fácil, señorita Kirby.

—No. Al principio me horrorizó la idea —Natasha se sonrojó al recordar cómo había irrumpido en la reunión—. Pero, una vez más, me han hecho una oferta que no puedo rechazar.

Se arrepintió de sus palabras al ver que Alex, serio, apretaba los labios. Fue al sofá y simuló leer una revista mientras lo miraba de reojo. Llevaba un pantalón claro y una camisa azul de manga corta que realzaba el moreno de su piel. Sólo con verlo se le aceleraba el pulso.

Pensó que tal vez esa noche sería ella la que lo desnudara a él, antes de entregarse a las fantasías que la habían desvelado durante su ausencia. Intentaría compensarlo, si él se lo permitía.

Estuvo nerviosa durante la cena, demasiado consciente de Alex, de su cuerpo, sus gestos y el tono de su voz. Tuvo que obligarse a comer.

Cuando sirvieron el café, Ari Stanopoulos le preguntó si le gustaba la isla.

—Lo que he visto es muy bonito —sonrió—. Pero he pasado casi todo el tiempo en la playa.

—Eso cambiará ahora. El señor Mandrakis conoce cada centímetro de Alyssos desde la infancia. Es el mejor guía posible —se volvió hacia Alex—. Tienes que llevar a la señorita Kirby a las montañas, amigo mío.

—Claro. Por eso he vuelto —afirmó Alex, serio.

—Tal vez podría decirme dónde solía vivir la señora Papadimos —le dijo Natasha a Ari—. Me gustaría visitar el lugar que ella tanto quería.

—No lo aconsejo —dijo Alex, tras un tenso silencio—. No hay nada que ver.

—Pero habrá una casa —lo miró extrañada—. Stavros y Andonis decían que estaba rodeada de olivos y había un sendero que llevaba al mar —hizo una pausa—. No molestaría a los nuevos propietarios. Sólo quiero decirle a tía Theodosia que la he visto, aunque sea de lejos.

Ari Stanopoulos iba a decir algo, pero Alex alzó una mano para detenerlo.

—Si es lo que quieres, te llevaré. Un día.

No añadió «antes de que te vayas», pero no hizo falta, quedó implícito en el tono de su voz.

—Esperaré ese día con ansia —Natasha alzó la barbilla, dolida, y se puso en pie—. Seguro que tenéis cosas que hablar, tomaré el café en el salón.

Sola de nuevo, Natasha intentó leer, pero no pudo concentrarse. Tampoco fue capaz de escuchar música, ni de ver la televisión. Hora y media después, apareció Zeno.

—El señor Mandrakis ha pedido más café. ¿Quiere usted también, señorita?

—No, gracias —contestó—. Estoy cansada, así que iré a mi habitación. Por favor, dígaselo al señor Mandrakis.

Sintiéndose vacía por dentro y debatiéndose entre la tristeza y la ira, fue a su dormitorio.

Las lámparas estaban encendidas, y el camisón sobre la cama, como siempre. Lo guardó en el cajón, se desvistió y se metió en la cama desnuda. Después apagó las luces y esperó.

La puerta de la terraza estaba abierta y se oía el rumor del mar. Hacía una noche preciosa. Se dijo que esa noche pondría fin al distanciamiento entre Alex y ella. Haría cuanto él quisiera. Conseguiría borrar la frialdad de sus ojos y devolver la pasión a su voz. Le diría con el cuerpo lo que no se atrevía a decir con palabras.

Un rato después empezó a adormilarse. Las cosas no iban según su plan. Le extrañaba que Alex siguiera con el señor Stanopoulos. Murmuró su nombre. Necesitaba sentirlo dentro de ella.

Se quedó dormida y cuando despertó la casa estaba en silencio. Comprendió que pasaría la noche sola y las lágrimas humedecieron su rostro.

La siguiente vez que abrió los ojos, brillaba el sol. Josefina había estado allí, porque en la mesilla había una bandeja con café, ya frío.

Oyó el ruido de un helicóptero despegando. Se incorporó bruscamente, con el corazón desbocado. «No, por favor», pensó. Saltó de la cama y se puso unos pantalones cortos blancos y una blusa turquesa. Luego fue hacia la terraza.

–¿Le traigo el desayuno, señorita? –le preguntó Zeno, con la cortesía habitual.

Ella captó un destello de compasión en sus ojos. Todos sabrían ya que el señor Alexandros no había buscado su compañía la noche anterior. Y que sus días en Alyssos estaban contados.

—No tengo mucha hambre, gracias —cuadró los hombros—. Hace un rato oí el helicóptero. ¿Ha vuelto el señor Mandrakis a Atenas?

—No, señorita. Trabaja —la miró con asombro—. Es el señor Stanopoulos quien se ha ido.

—Ah, entiendo —le costó mantener un tono de voz indiferente y ocultar su júbilo por la noticia.

Tenía que ver a Alex y saber cómo estaban las cosas. Entró en la casa y fue directa al despacho. Iorgos no estaba de guardia, así que llamó y entró.

—Buenos días —saludó Alex. Hizo una anotación al margen de un papel—. ¿Querías hablar con Ari? Si es así, lo lamento. Ya se ha ido.

—¿Por qué iba a querer hablar con él?

—Pensé que tal vez tenías algún mensaje privado para que lo llevara a Londres. Pero veo que no es así. Espero que hayas dormido bien.

—Sí, al final —Natasha tragó saliva—. Pero tardé en dormirme. Te estuve esperando.

—Me halagas —tachó un párrafo entero.

—Pero ahora me pregunto por qué sigo aquí —continuó ella con coraje—, si ya no me deseas.

—Yo no he dicho eso —siguió mirando el papel.

—¿Qué ocurre entonces? ¿Sigues enfadado porque interrumpiera tu reunión ayer?

—No —Alex dejó el bolígrafo y se recostó en el silla—. Tal vez, Natasha *mu*, necesite alguna evidencia de que tú me deseas —dijo, seco.

—No entiendo...

—No es tan difícil —se encogió de hombros—. Sabías dónde estaba anoche. Admites que te costó dormirte, pero aun así preferiste seguir sola.

—¿Quieres decir que esperabas que fuera a buscarte? ¿A pedirte...? —movió la cabeza—. No lo creo. Además, yo no podría... —se mordió el labio.

—Entonces, dormir solos se convertirá en costumbre —volvió a centrarse en los documentos.

Natasha comprendió que era un ultimátum y que sólo la capitulación total bastaría. Se le cerró la garganta, pero se obligó a hablar.

—Estoy aquí ahora.

—Lo sé —no alzó la cabeza—. Por desgracia, tengo una cita para almorzar en el otro extremo de la isla. Tendrás que disculparme.

—Entiendo —se quedó inmóvil, absorbiendo el dolor de su rechazo—. Así que ¿no iré contigo?

—Mi anfitrión es amigo de mi padre, Natasha. Buen hombre pero muy convencional, igual que su esposa. No aprobarían tu presencia en la isla, y menos en la casa de los Mandrakis.

—Ya —tomó aire—. Pero, si te preocupa lo que piense la gente, ¿por qué me has traído aquí?

—Para tener paz e intimidad —farfulló él—. Hay controles en el puerto. No se admiten fotógrafos ni reporteros en Alyssos. En cambio, el *Selene* es un imán para ellos. Nos habrían perseguido.

—Entiendo que no te guste la prensa. El capitán Whitaker me contó lo que ocurrió realmente en tu fiesta de cumpleaños.

—Muy amable por su parte —alzó una ceja.

—Siento lo que pensé... y lo que dije al respecto —añadió ella apresuradamente.

—No tiene importancia —encogió los hombros—. Al menos no había fotógrafos. El tipo que te vio en mis brazos en Mykonos debe de haber ganado una fortuna con la foto. Ha salido en todas partes.

–¿No es eso lo que querías? ¿Que todo el mundo supiera que te pertenecía?

–Puede. Pero he descubierto que la venganza no es tan dulce como esperaba. Si me disculpas, tengo que acabar lo que estoy haciendo.

–Sí. Claro. Te veré más tarde –salió.

Natasha pensó que no estaba obligada a complacerlo. Podía quedarse en su dormitorio hasta que él se aburriera y decidiera enviarla de vuelta a Inglaterra. Sería lo más sensato y seguro.

Pero tal vez Alex no lo viera así. Le había dicho una vez que era un reto para él. Quizás conseguir su rendición incondicional no fuera sino un paso más en su juego de venganza. Un juego que pretendía ganar para pasar a la siguiente conquista, ya fuera empresarial o personal.

También tenía la opción de no luchar. Él había dicho que la retendría hasta que ella ya no deseara marcharse. Bastaría con aferrarse a él día y noche y esperar a que se aburriera de ella al comprender que podía empezar a darle problemas.

Pero antes de eso, disfrutaría de esa noche.

La tarde se le hizo eterna. Cuando Zeno fue a decirle que el señor Alexandros cenaría en el puerto con unos amigos y enviaba sus excusas, Natasha ya se había preparado para algo similar y recibió la noticia sonriente y serena.

No era una derrota, sólo un retraso.

Después de cenar, vio una película. Luego fue a su dormitorio. Se dio un largo baño perfumado, se puso la bata plateada que Alex le había regalado y se tumbó en la cama a esperar.

Pasada la medianoche fue al dormitorio principal.

Giró el pomo y entró. La luna iluminaba la habitación. Alex estaba en el balcón, en bata, de espaldas.

–Alex –murmuró–. Alex *mu*.

Él se volvió lentamente y la miró como si no diera crédito a sus ojos.

–Estoy aquí ahora –le dijo. Soltó el cinturón de la bata y se la quitó. Rezó para que no la rechazara.

Él cruzó la habitación, la abrazó y atrapó su boca con deseo casi salvaje. Ella se aferró a su cuello y enredó los dedos en su pelo.

Alex la llevó a la cama, se quitó la bata y la penetró sin más preámbulos. Ella alcanzó el orgasmo un instante después, convulsionándose con espasmos de placer y gritando contra su hombro. Después, él esperó a que se recuperara acariciándole el pelo.

Avergonzada por la intensidad de su reacción, Natasha cerró los ojos y ocultó el rostro en su pecho. Acababa de demostrarle cuánto lo deseaba.

–Cielo, no te escondas. Tu placer es el mío –dijo él voz ronca. Empezó a besarla lentamente, rindiendo homenaje a sus párpados, mejillas y labios antes de descender hacia sus senos y trazar círculos con la lengua alrededor de sus pezones hasta hacerle gemir.

Como ya no había razón para simular indiferencia, ella lo acarició a su vez. Recorrió sus hombros y espalda hasta llegar a las poderosas nalgas y sus largos muslos. Exploró su cuerpo con un deleite que superaba todas sus fantasías.

Volvió a excitarse, sintiéndolo en su interior y sabiendo que su deseo no había sido saciado por esa posesión inicial. Se arqueó hacia él, ofreciéndose. Alex masculló algo y empezó a moverse, estableciendo el poderoso e irresistible ritmo que ella recordaba de la última vez que habían hecho el amor.

Una vocecita interior le recordó que no era amor. Al menos no amor como el que ella anhelaba con toda su alma. No era sino un apasionado intercambio de placer físico.

Él atrapó su boca y recorrió todo su cuerpo con las manos. Natasha dejó de pensar.

El ritmo se aceleró y ambos quedaron ciegos y sordos a todo lo que no fuera la espiral ascendente hacia el éxtasis. Gritaron al mismo tiempo.

Después, aún unidos y húmedos de sudor, se quedaron inmóviles, en silencio.

«No me dejes», pensó ella, pero supo que lo había dicho en voz alta al oír que él se reía.

—No pienso irme a ningún sitio, belleza mía. ¿Me has echado de menos, siquiera un poco?

—Creo que ya sabes la respuesta a eso.

—Sí. Pero tal vez necesite oírtelo decir.

—Entonces, sí. Te he echado de menos.

«¿Y tú, amor mío? ¿Si te preguntara lo mismo, dirías «Sí» o titubearías porque te has consolado con Domenica u otra mujer?»

—Por fin —musitó Alex. Giró y la atrapó bajo su cuerpo—. Ahora dímelo otra vez, pero esta vez sin palabras, *agapi mu*.

Capítulo 13

«NO PIENSO irme a ningún sitio...»
Las palabras de Alex resonaron en la mente de Natasha cuando se despertó la mañana siguiente.

Aún era muy temprano, amanecía. Inmóvil, asimiló su entorno y el dulce recuerdo del deleite físico. Se sentía completa despertando en brazos de Alexandros, con la cabeza en su hombro y la mejilla de él junto a su cabello. Capturó el momento en su memoria para atesorarlo cuando llegara la inevitable soledad futura.

No quería permitirse pensamientos tristes mientras aún saboreaba el éxtasis de la noche anterior. Él, con boca y manos, la había llevado a cumbres que no habría creído posibles. Se habían dormido aún abrazados, rendidos por el agotamiento.

Pero había amanecido y sería mejor que se fuera de allí. Se liberó de sus brazos cuidadosamente, para no despertarlo. Bajó de la cama y lo miró con ternura; deseaba besarlo, pero se contuvo. Habría mucho tiempo después para besos y otros placeres.

Salió de la habitación de puntillas.

Estaba desayunando en la terraza cuando lo oyó en el salón, preguntándole algo a Zeno.

Se reunió con ella con el pelo aún húmedo tras la ducha. Llevaba bañador y una camisa abierta.

–*Kalimera* –se inclinó para besarla–. Me he despertado sin ti, mi amor. ¿Por qué?

–Me pareció mejor volver a mi habitación.

–A mí no me lo parece –se sentó y se sirvió café–. A partir de ahora compartirás mi dormitorio. Pediré que trasladen tus cosas.

–No. Por favor, Alex, no hagas eso.

–¿Por qué? –frunció el ceño.

–Tal vez –titubeó–, por la misma razón por la que no almorcé con los amigos de tu padre. Por salvar las apariencias –forzó una sonrisa–. Tengo la impresión de que tus empleados no están acostumbrados a que traigas mujeres aquí.

–No. En eso tienes razón.

«Según dijo Josefina, pensaban que sólo traerías a tu futura esposa, la única con derecho a compartir el dormitorio principal contigo».

–Por eso creo que sería mejor que nos comportáramos con discreción.

Alex empezó a untar mantequilla en un panecillo.

–Yo también quería discreción. Pero el que aparecieras en el comedor el otro día dio al traste con eso. A estas alturas, todo el mundo sabrá que no estoy aquí solo. Y te aseguro que el personal doméstico tendrá muy claro dónde hemos pasado la noche. Pero haremos lo que tú quieras.

Relleno su taza de café.

–A partir de ahora iré a tu dormitorio por la noche, aunque no garantizo que vaya a esperar hasta que todos duerman ni que vaya a dejarte al amanecer. También tendré que buscar excusas para pasar tiempo a solas contigo durante el día –siguió–. Creo que hoy iremos a navegar.

–Eso sería maravilloso –dijo ella con anhelo–. Pero ¿tienes tiempo? Sé lo ocupado que estás.

—Últimamente he trabajado mucho para despejar mi escritorio y dedicarte la atención que mereces, preciosa. Así que, por un tiempo al menos, podremos olvidarnos del mundo.

Por un tiempo al menos...

Natasha pensó que durante ese tiempo, por largo o corto que fuera, sería suyo. No podía esperar más que eso.

El día fue maravilloso. A bordo del velero, bordearon toda la isla. Después anclaron frente a una playa desierta, bajaron el bote y remaron hasta la orilla. Alex hizo una fogata y cocinó los peces que había pescado un rato antes.

—Estás lleno de sorpresas —comentó Natasha, sentada en la manta que él había extendido bajo un olivo, mientras lo observaba preparar la comida.

—Después de comer, cariño, pienso sorprenderte de otra manera —le prometió, mirándola con ojos ardientes de deseo. Ella rió de felicidad, anticipando el sabor de sus besos.

Cada día glorioso y soleado dio paso a otro. Una semana se convirtió en dos y luego en tres.

Cuando no estaban a bordo del *Marian*, disfrutaban de la piscina. El primer día que la utilizaron, Alex le quitó el bikini y luego se deshizo de su bañador.

—Alex, no —había protestado ella—. Alguien podría vernos.

—No, querida mía. Te prometo que nadie nos molestará —la había atraído a sus brazos.

—Creía que no aprobabas que las chicas se desnudaran en las piscinas —había jadeado ella, mucho después.

—A ti te aprobaría desnuda en cualquier sitio y en cualquier momento —había reído él.

Desde entonces, en la piscina tomaban el sol y nadaban desnudos. Sin embargo, en la playa se comportaban de forma mucho más decorosa.

Alex enseñó a Natasha a hacer esquí acuático y windsurf. Era un maestro muy paciente. Cuando aprendió lo suficiente para esquiar al lado de Alex, era Iorgos quien manejaba la motora.

También estaba aprendiendo otras cosas. A diario descubría cosas sobre el hombre al que amaba, mucho más juvenil y alegre de lo que había creído.

Un hombre que canturreaba por lo bajo y la llevaba de la mano siempre que paseaban. Que intuía cuando estaba demasiado cansada para hacer otra cosa que dormir en sus brazos. Que hablaba, discutía y bromeaba con ella. Que la animaba a practicar el griego y jugaba con ella al backgammon y al ajedrez.

Un hombre que cumplía todos sus sueños. Excepto el más importante.

Hablaba con franqueza de su deseo por ella, pero nunca hablaba de amor. A veces, tras la exquisita euforia del clímax, se lo imaginaba preguntándole «¿Me quieres, Natasha?» Y agradecía que no lo hiciera para no verse obligada a mentir, a tener que negar su amor por él.

Alyssos era una isla tan pequeña que a penas utilizaban el coche, iban a todas partes andando.

Natasha recordó que Mac Whitaker había insinuado que Alex y su padre habían dejado de visitar la isla, igual que tía Theodosia, y la intrigaba el porqué.

—Las cosas cambian, amor mío —había respondido cuando le preguntó, sin darle más explicaciones. Así que Natasha se abstuvo de hacer la pregunta que realmente le rondaba la cabeza: cómo se había iniciado la contienda entre sus familias.

Pero el mundo que habían olvidado durante un tiempo, empezó a volver a introducirse en sus vidas, insidioso como la serpiente del Edén.

El primer cambio se produjo en Alex. El amante distendido empezaba a volverse serio e introvertido, casi brusco. A veces, cuando Natasha se despertaba por la noche, lo encontraba de pie ante la ventana, pensativo.

Anhelaba preguntarle qué ocurría, pero se recordaba que sólo estaba allí para compartir su cama, no sus pensamientos.

Volvió a pasar un rato de cada día en su despacho, y las comidas se veían interrumpidas a menudo por llamadas telefónicas que tenía que atender en privado. Se acabaron los momentos de intimidad desnuda junto a la piscina, por si algún empleado iba a llevarle un mensaje. Incluso las siestas en su dormitorio, a media tarde, empezaban a convertirse en algo del pasado.

Natasha pensó que tal vez ella también. La primera vez que él no fue a su dormitorio por la noche, supo con certeza que había llegado el principio del fin y debía prepararse.

Al día siguiente, fue a desayunar con el corazón acelerado, esperando lo peor.

—Natasha, hoy tendré que marcharme —dijo él sin más preámbulos—. Hay asuntos que no puedo retrasar más —escrutó el cielo con el ceño fruncido—. ¿Te gustaría salir a navegar hoy, antes de que se estropee el tiempo?

Ella pensó que no podría soportar estar en el barco

en el que habían pasado tantas horas felices. No cuando podía ser la última vez.

—Sería agradable, pero prometiste que un día me enseñarías la antigua casa de tía Theodosia.

—De acuerdo —aceptó él, serio—. Si estás segura de que eso es lo que quieres hacer.

Esa vez utilizaron el jeep. Natasha comprendió que iban a una zona de la isla que no habían visitado antes. Tras conducir por la carretera principal durante un rato, Alex tomó otra mucho más estrecha, llena de baches y en mal estado.

Después tomaron un sendero rocoso y empinado que bajaba hacia los olivos de hojas plateadas, situados frente al mar. No había más.

—No puede ser aquí —dijo Natasha, mirando a su alrededor—. No hay nada.

—Ya te lo había dicho —dijo él, seco.

—Pero hubo una casa —señaló el suelo—. Se ven parte de los cimientos —bajó del jeep y fue a examinar los restos de cemento—. ¿Qué ocurrió? ¿Hubo un terremoto selectivo? —le preguntó a Alex, que la había seguido.

—No, la casa fue demolida de otra manera.

—Dime cómo —preguntó ella, ronca.

—Con explosivos —encogió los hombros—. Después se llevaron los restos. Como ves.

—Sí. Lo veo. Muy bien —movió la cabeza—. ¿Cómo pudisteis hacer esto? —escrutó sus ojos, buscando algún resto de la calidez y ternura de las semanas pasadas—. ¿Lo sabe tía Theodosia?

—Sí. Siempre lo ha sabido.

—Es horrible —susurró Natasha—. Es tan buena y encantadora. No haría daño ni a una mosca. ¿Cómo pudisteis destruir el hogar de una mujer inocente, con lo que significaba para ella? ¿Qué clase de gente sois?

—Seres humanos —replicó él, áspero—. Con los defectos y fallos que eso implica: odio, celos y ansia de venganza.

—Pero ¿por qué hacer esto? No tiene sentido.

—Eso es algo a lo que no puedo responder —dijo él tras una leve pausa—. Yo no encendí la mecha ni retiré las piedras, Natasha. Era demasiado joven. ¿Podemos irnos ya?

Ella asintió. Las lágrimas le quemaban la garganta. Volvieron a la villa en silencio.

—Natasha, era un edificio vacío —dijo él, antes de bajar del jeep—. Han ocurrido cosas peores desde que empezó esta batalla, créeme.

—Nunca me convencerás de eso —replicó ella, temblorosa. Ese acto de destrucción era una muestra del odio más cruel—. Dios, ¿cuánto tiempo continuará esa rivalidad, que envenena la vida de la gente? ¿No puedes ponerle fin?

—Puede que sí. Pero tal vez odiarías la solución más que el problema.

—No. Imposible —miró al vacío—. No puedo quedarme aquí más tiempo.

—¿En esta casa? ¿O en la isla? —preguntó él.

—En ningún sitio —se estremeció—. Pensaba que era un sitio pacífico y bello. Pero tras ver esa violencia, no volveré a pensar lo mismo —tampoco podría volver a pensar bien de su padre ni de él—. Quiero irme. Tienes que dejarme marchar.

—¿Ir adónde? —exigió él.

—A Londres. Sus atascos, robos y gamberros son una nadería, comparados con Alyssos —tragó saliva—. Hoy vendrá a recogerte el helicóptero, ¿verdad? Déjame ir contigo a Atenas. Puede que mi billete de avión aún tenga validez.

–Lo siento, pero no voy a Atenas. Pero enviaré al *Selene* a recogerte y le diré a Mac que te lleve donde tú quieras.

–Gracias. ¿Cuándo crees que llegará?

–Le diré que es urgente.

Natasha pensó que estaban hablando como dos desconocidos. Como si no hubieran pasado noche tras noche en la intimidad, uno en brazos del otro. Se había entregado en alma, corazón y cuerpo a un hombre al que no conocía.

–Urgente –repitió ella–. Sí.

–Natasha *mu* –dijo él, poniéndole la mano sobre el brazo. Ella la apartó.

–No me toques –inspiró profundamente para calmarse–. Una vez dijiste que te gustaba separarte de tus mujeres como amigos. Eso no puede ocurrir entre nosotros. Ya no.

–No –aceptó él con voz amarga–. Creo que tienes razón. ¿De verdad ha sido tan malo estar conmigo, mi amor?

–No –evitó mirarlo–. Malo no. Insoportable.

Se fue a su dormitorio sin volver la vista atrás.

El sonido del helicóptero la despertó. Comprendió que era demasiado tarde para correr a Alex y decirle que lo amaba. Que era lo único que tenía importancia y quería ir con él.

Al menos se había librado de esa humillación. Se miró en el espejo. Tenía el rostro manchado de churretones, los ojos hinchados y el pelo pegado a la piel húmeda. Ningún hombre la habría querido a su lado con ese aspecto.

Ni siquiera uno que aún la deseara.

Y no era el caso de Alex, que le había advertido que no necesitaba amor en su vida.

Aun sabiendo que se aburriría de ella, había caído en la trampa de sentirse feliz. Pero, incluso si su aventura no hubiera acabado, habría deseado marcharse de allí.

Lo que Alex había hecho importaba mucho. Siendo un niño no podía haber sido responsable de la destrucción de la casa de tía Theodosia, pero como hombre había mantenido viva la disputa, hasta arruinar al clan Papadimos.

Había llegado la hora de recuperar su vida. Decidió empezar duchándose y cambiándose de ropa. Vio su pasaporte sobre la mesilla y supo que él la había visto dormida, con el rostro lloroso y sucio. Agachó la cabeza, humillada.

Las cuarenta y ocho horas siguientes fueron una auténtica pesadilla.

Zeno, antes distante, la observaba como un halcón benévolo. Su esposa, compasiva, intentaba tentar a su inexistente apetito con deliciosas ofrendas. Josefina entraba y salía de su habitación, empaquetando todas las prendas del armario y de los cajones; Natasha no tenía valor para decirle que perdía el tiempo porque no se llevaría nada más que lo puesto y una muda de ropa interior.

Lamentaba haber accedido a esperar al *Selene*. Podría haberle dicho a Alex que la dejara en cualquier aeropuerto y olvidarse de Atenas.

Cualquier cosa habría sido mejor que seguir allí, en una especie de limbo.

Al tercer día oyó el sonido de un helicóptero acercándose. Se levantó de la tumbona, se puso una túnica sobre el bikini y fue hacia la casa. Se encontró con Zeno que iba a buscarla.

–El señor Mandrakis esta aquí, señorita –dijo, con expresión de ansiedad–. La espera en el salón.

Entró por la terraza y su sonrisa se apagó al ver al hombre que la esperaba. Era alto y de cabello blanco, con rasgos bien definidos. Se apoyaba en un bastón de ébano con puño de plata.

Era su primer encuentro con Petros Mandrakis.

Capítulo 14

ASÍ QUE tú eres la chica que ha conseguido que mi hijo olvide todo lo que le debe a su apellido –dijo él, estudiándola como si fuera un espécimen de insecto en una vitrina–. Me... sorprende.

–No más de lo que me sorprendió a mí, señor –dijo ella–. Esté seguro de que es un episodio que estoy deseando olvidar.

–En eso podemos estar de acuerdo –inclinó la cabeza–. Al menos tuvo el sentido común de mantener una privacidad relativa. Tal vez sea posible evitar un escándalo público –hizo una pausa–. Pero no puedes seguir aquí, está claro.

–Lo sé. Esperaba haberme ido ya –tenía la boca seca–. Él dijo que enviaría su yate a recogerme. He estado esperando...

–Ha habido un cambio de planes. El *Selene* está ocupado –hizo una pausa, como si buscara las palabras adecuadas–. Trae a unos invitados muy especiales a Alyssos. Alex me ha convencido para que ponga fin a esta contienda celebrando un matrimonio que una a las familias.

Natasha se quedó inmóvil. Tuvo la impresión de que el hombre se disolvía en la distancia. Sin embargo, oía su voz con toda claridad.

–He invitado a la señora Theodosia Papadimos a visitarme aquí, en Alyssos, con su hija. Esperamos persuadir a Irini para que acepte la unión, e incluso le dé la bienvenida, una vez se recupere del impacto inicial.

A Natasha se le heló la sangre en las venas. Sentía náuseas. Miró a Petros Mandrakis con la mente hecha un torbellino. Alex e Irini unidos por una matrimonio de conveniencia. No era posible.

Había sabido que Alex se casaría algún día. Con una «heredera adecuada», como había dicho Mac Whitaker, que le daría un hijo. Había creído que cuando llegara el momento, ella ya se habría endurecido y podría soportarlo.

Pero ni en su peor pesadilla lo había imaginado con Irini como esposa. Sin embargo, cuando lo retó a poner fin a la disputa, él le había advertido que tal vez le gustara menos la solución que el problema. Era un cínico.

Le extrañaba que tía Theodosia hubiera considerado esa opción. Había querido que ella fuera una esposa adorada y una madre feliz. Sin duda debía de tener la misma ambición para Irini. Cuadró los hombros y se aclaró la garganta.

–¿La señora Papadimos va a venir aquí después de todo lo ocurrido? Me asombra.

–Ah, sí. Alexandros me dijo que habías insistido en ver la casa –dijo él, reflexivo–. Lo ocurrido allí fue... desafortunado. Pero para la señora Theodosia no todos los recuerdos de Alyssos son tan dolorosos.

–¿Podré verla, aunque sea unos minutos?

–No será posible. Tu presencia aquí, dadas las circunstancias, sería inapropiada, tal y como indicó Alexandros. Las negociaciones están en un punto muy delicado; espero que podamos concluirlas con éxito durante esta visita.

–Sí. Claro –musitó ella.

—Te trasladarás a casa de mi amigo Dimitris Phillipos y su esposa, al otro lado del puerto —arrugó la frente—. Alex me ha asegurado que no saben nada de vuestra... irregular relación. Espero que, como favor personal, te comportes como si fueras una amiga de la familia —hizo una pausa—. Mi hijo tardará algún tiempo en visitarte. Tiene que ayudar a Irini a reconciliarse con las nuevas circunstancias. No podrá permitirse distracciones, por encantadoras que sean.

Natasha lo miró con incredulidad. Parecía creer que seguía teniendo relaciones con Alex y estaba dispuesta a seguir siendo su amante aunque él se casara.

Sintió compasión por Irini, que nunca había recibido el afecto que anhelaba de su padre y tampoco lo recibiría de su marido. Se juró que no sería ella quien le causara dolor. Rezó porque Irini no descubriera que la hermana de acogida a la que odiaba había pasado siquiera un minuto en el que sería su lecho matrimonial.

—Se equivoca, señor. Cualquier relación que haya podido tener con su hijo ha terminado y no tengo intención de volver a verlo.

Él torció la boca con escepticismo. Sacó un sobre del bolsillo de la chaqueta.

—Creo que Alexandros no opina lo mismo. Me pidió que te diera esta carta. Deberías leerla.

Ella la aceptó. Sus problemas habían empezado con una carta y acabarían con otra.

Después, todo fue muy rápido. Antes de tener tiempo para pensar, su equipaje estaba en el jeep, y se había cambiado de ropa para ir a casa de Phillipos. Zeno conducía el coche.

Llegaban al puerto cuando oyó una sirena pitar tres veces y comprendió que el ferry estaba a punto de partir.

Josefina le había dicho que su primera parada era en Naxos, que tenía aeropuerto. Natasha decidió aprovechar la oportunidad. Llevaba su cartera, su pasaporte y su billete de vuelta. Sólo tenía que llegar al puerto antes de que el ferry partiera. Miró de reojo a Zeno, que rezongaba porque la calle estaba bloqueada por un burro y una carreta de flores.

–El sol me ha dado dolor de cabeza. Veo una farmacia un poco más adelante. Iré a comprar unos analgésicos –bajó del jeep antes de que él pudiera protestar y fue rápidamente hacia la farmacia. Entró y esperó un momento antes de volver a asomarse.

El propietario del burro había vuelto y Zeno y él discutían. Natasha agachó la cabeza y corrió hacia el puerto.

–Espere –gritó en griego, al ver que estaban a punto de retirar la rampa. Subió y se sentó en uno de los bancos para recuperar el aliento.

Cuando el ferry llegó a mar abierto, sacó la carta de Alex del bolso y, sin leerla, la rompió en pedazos y los tiró al mar.

–Se acabó –susurró para sí–. Ahora puedo volver a mi vida. Sin él.

–Dime, ¿cómo te convertiste en la «Misteriosa amante de Mandrakis»? –preguntó Neil.

Natasha miró la revista que acaba de poner ante ella. Desde que había vuelto a Londres, una semana antes, había sabido que antes o después iría a verla y habría una confrontación.

Pero no había esperado que llegara furioso, sin avisar, y la encontrara en albornoz, con el pelo envuelto en una toalla y sola en casa.

Tampoco había esperado ver una foto de sí misma en brazos de Alex, mirándolo con el corazón en los ojos. Parecía estar diciéndole «Te amo. Tómame, soy tuya».

–Eso fue hace tiempo –dijo, haciendo acopio de todo su control.

–No hace tanto –señaló la fecha–. Melanie, una de las secretarias, la llevó a la oficina la semana pasada. Me sentí como un idiota –bufó–. Se suponía que estabas en Atenas firmando papeles. No con el notorio Alex Mandrakis, en Mykonos. ¿Que diablos hacías, Natasha?

Ella estuvo a punto de decirle que, siendo un hombre adulto, podía imaginárselo. Pero se detuvo a tiempo y desvió la mirada.

–No puedo justificarme –dijo–. Sólo decirte que lo siento.

Lo sentía más de lo que había creído posible y estaba desgarrada de dolor.

–Pero íbamos a ser... pareja –insistió Neil.

–Las cosas cambian. No tengo otra excusa que ofrecerte.

Él soltó una retahíla de insultos. Natasha la aguantó porque sabía que se la merecía.

–Ahora te ha dejado y vuelves aquí sola –Neil fue hacia la puerta, rojo como la grana y soltó la última pulla–. No vas cargada de diamantes, ¿verdad? Tal vez pensó que no merecías la pena.

Cuando se marchó, ella se dejó caer en el sofá porque le temblaban las piernas. Él creía que había ido a Grecia y había tenido una aventura. Y no podía decir la verdad, ni a él ni a nadie.

Incluso Molly, que no había podido ocultar su preocupación al verla ojerosa y pálida, había recibido una versión editada de la realidad.

—Me enamoré –le había dicho–. Y tuve una breve y alocada aventura. Pero se acabó.

—Tienes un aspecto horrible –había abierto los ojos de par en par–. Ay, Nat. ¿No estarás...?

—No –había musitado Natasha.

Había pasado dos noches en Naxos, en una pensión barata, mientras esperaba un vuelo. La primera de ellas había llegado la evidencia irrefutable de que no estaba embarazada de Alex.

Tendría que haberlo agradecido, pero se había acurrucado en la dura cama y llorado hasta que se quedó dormida. Lágrimas de pérdida y tristeza. Comprendió que en secreto había anhelado tener un hijo de Alex. Una parte de él que la perteneciera y a la que amaría con todo su ser.

—Tendrías que haber seguido las reglas de tía Theodosia, cariño. Creo que no estás hecha para aventuras –había dicho Molly con gentileza.

—No te preocupes por mí. Me recuperaré muy pronto –había sonreído. La alegraba que Molly estuviera demasiado ocupada con los preparativos de la boda para notar su desesperación.

Sonó el timbre de la puerta y se encogió.

Pensó que era Neil de nuevo. Para disculparse o seguir insultándola. Sintió la tentación de no abrir, pero el timbre volvió a sonar, imperioso. Suspiró, apretó el cinturón de la bata y fue hacia la puerta.

—*Kalispera* –dijo Alex, entrando.

—¿Qué estás haciendo aquí? ¿Qué quieres? –gimió ella, siguiéndolo a la sala.

—A ti. Y he cruzado Europa para encontrarte. Ha sido una inconveniencia.

—Podrías haberte ahorrado el esfuerzo –replicó Natasha–. Porque vine aquí para alejarme de ti –se rodeó el cuerpo con los brazos–. Vete, por favor.

—¿Por qué? ¿Esperas que regrese tu anterior visitante? —su voz sonó dura—. Si es así, sufrirás una decepción. No parecía de buen humor al salir.

—¿Te extraña? —alzó la revista—. Ha leído que su novia es tu «Misteriosa amante».

—Nunca fuiste suya, mi amor —le recordó Alex con voz suave—. Sólo mía.

—Ya no. Como ambos sabemos. ¿Por qué has venido?

—Para hablar —se quitó la chaqueta y la tiró sobre el sofá antes de aflojarse la corbata—. ¿Puedo sentarme?

—Dudo que pueda impedirlo.

—¿Te sientas conmigo? —dio una palmadita al sofá. Ella se estremeció al recordar las veladas que había pasado acurrucada a su lado.

—No —replicó con fiereza.

—Ni siquiera si te digo que he dado mi palabra de honor de no... molestarte en ningún sentido.

Ella se sentó en el sillón que estaba más lejos del sofá y recogió los pies.

—¿Por qué huiste, amor mío? —preguntó él—. Los amigos de mi padre son buenas personas. Te habrían tratado bien, como te dije en mi carta.

—No si hubieran sabido quién era —Natasha se mordió el labio—. Preferí volver con mis amigos.

—El pobre Zeno te buscó por todo el pueblo. Incluso fue al hospital por si tu dolor de cabeza se debía a una insolación. Luego se acordó del ferry. Yo acababa de desembarcar del *Selene* con nuestras invitadas cuando llegó a decirme que te habías ido —apretó los labios—. Pero, tras aplacar a mi padre con respecto a nuestra aventura y prometer que apoyaría sus planes, no podía abandonarlo cuando más me necesitaba.

—No pretendía inquietar a Zeno. Pídele disculpas de mi parte cuando lo veas.

—¿Por qué no me esperaste? Conocías las dificultades.

—Sí. Esas delicadas negociaciones. Espero que hayan llegado a buen puerto.

—En gran medida, sí. Es una de las razones por las que he venido, para invitarte a la boda.

Natasha se quedó muda un momento.

—Eso es... increíblemente cruel —dijo, ronca.

—Tendrías que estar acostumbrada a eso, según dijiste la última vez que nos vimos. ¿Puedes darme tu respuesta, por favor?

—Ya tengo una boda a la que ir. Una es suficiente por ahora. La respuesta es «no».

—La señora Theodosia lo lamentará mucho.

—Lo dudo. No me quería allí mientras se concretaba la boda —lo miró con ira—. Ni ella ni nadie. Por supuesto, los sentimientos de Irini eran lo prioritario —se le quebró la voz—. Pero si crees que ella olvidará y perdonará lo ocurrido si asisto a la boda, te equivocas —alzó la barbilla—. Y ¿dónde me sentaría yo? ¿Hay algún rincón especial para las ex amantes del novio? Si es así, ya estará lo bastante concurrido sin mi presencia.

—Eres injusta, Natasha. Mi padre sólo ha amado a dos mujeres en su vida. Una fue mi madre y la otra es Theodosia Papadimos, con quien se casará el mes que viene. Como ya sabes.

Estrechó los ojos al ver su expresión atónita.

—¿Qué ocurre? Mi padre te dio mi carta, ¿no?

—Sí —musitó ella—. Pero no la leí. La tiré.

—Dios santo, ¿por qué?

—Porque ibas a casarte con Irini. Escuché a tu padre, pero no podía soportar la idea de verlo escrito —se puso de pie, pálida–. Necesitaba simular que no estaba ocurriendo. ¿Es eso lo que querías oír? ¿Ya estás satisfecho?

–Natasha *mu*, hasta tú debes de saber que el matrimonio entre hermano y hermana es ilegal.

–Hermano y hermana –repitió ella–. ¿De qué estás hablando?

–Siéntate –le ofreció la mano–. Te contaré lo que decía en mi carta: lo que originó la contienda.

Ella se sentó, pero mantuvo cierta distancia.

–Imagina a un hombre y una mujer, amigos –empezó él, mirándola a los ojos–. Él viudo y ella una esposa solitaria y desatendida. Se enamoran en un lugar que se ha convertido en un santuario para ellos y desean pasar juntos el resto de su vida, si el marido le concede el divorcio. Pero él marido se niega y la amenaza, entre otras cosas, con no permitirle volver a ver a sus dos hijos; le exige que vuelva con él, aun sabiendo que está embarazada de su amante.

–Oh, Dios, no puede ser verdad. No...

–Créelo. Ella se niega y dice que su amante la ayudará a luchar por la custodia de los niños. Pero él, que va a buscarla, sufre un accidente de coche provocado por una conductor que se da a la fuga y queda gravemente herido. Al mismo tempo, la casa en la que conoció la felicidad es destruida, como si nunca hubiera existido. Y no tiene más remedio que volver a su supuesto hogar.

–¿Estás diciendo que fue tío Basilis quien hizo... esas cosas tan terribles? No, por favor, es demasiado. Es horroroso.

–Si dudas de mí, la señora Papadimos te confirmará lo que te he contado.

Natasha cerró los puños, pensativa. Suspiró.

–No hace falta. Lo que has dicho explica muchas cosas que nunca entendí. Cosas que me parecían mal, pero que no investigué porque tío Basilis era muy cariñoso conmigo.

–Ocupaste el lugar de una hija a quien no podía querer, cariño.

–No me extraña que Irini me odie.

–No lo hará siempre –tomó sus manos y acarició sus dedos–. La verdad la impactó mucho y su reacción fue la que habíamos temido. Yo había visto cómo te trataba y le dije a mi padre que no permitiría que volvieras a sufrir su furia –chasqueó la lengua–. Ahora entiende mi precaución. Se puso muy violenta y amenazó a todos, incluso a su madre. Pero se va calmando, ahora que sabe que tiene un padre que la quiere.

–Y un hermano que será bueno con ella. Y tu padre y tía Theodosia han vuelto a encontrarse –tragó saliva–. ¿Saben Stavros y Andonis la verdad sobre la contienda?

–La señora Theodosia dice que su marido la libró de esa humillación. Siguen creyendo que fue una pelea de negocios, igual que yo hasta hace unos años –hizo una pausa–. Irini conservará su apellido y, a ojos del mundo, mi padre no será más que un padrastro afectuoso para ella –sonrió–. Cuando Irini haya aprendido a controlar su genio y su lengua, le buscará un buen hombre que caliente su cama y su corazón.

–Así que su suerte está echada –Natasha retiró la mano–. Y, a diferencia de mí, no tiene escapatoria posible.

–¿Es eso lo quieres, cielo mío? ¿Escapar?

–Claro. Por eso estoy aquí, de vuelta a mi vida y a mi mundo real.

–Pero no con tu novio, parece. Ni con tu mejor amiga. ¿No te sentirás sola?

—La independencia tiene otras ventajas –dijo ella, pensando que no estaría tan sola como amándola a él sin ser correspondida.

—Si hubiera conducido Iorgos no te habría resultado tan fácil escapar –dijo él.

—¿Está esperándote afuera?

—No, está en Atenas, con un nuevo trabajo en una de nuestras empresas. He convencido a mi padre de que ya no necesito guardaespaldas.

—Mac dijo que habías recibido amenazas.

—Sí. Hace tres años, después de verte en la recepción de la embajada y desafiar a mi padre escribiendo a Basilis Papadimos para pedirle permiso para cortejarte formalmente.

—¿Le pediste permiso a tío Basilis para verme? –lo miró atónita–. ¿Por qué?

—Porque te vi y me enamoré. Así de increíble y de sencillo. Después de la fiesta volví a casa y le dije a mi padre que había encontrado a la única chica del mundo con la que deseaba casarme. Sonrió hasta que le dije quién eras; entonces me prohibió volver a pensar en ti. Pero escribí la carta de todas formas. Conservo la respuesta de Papadimos: me advirtió que si una escoria como yo volvía a mirar a su inocente niña, él mismo se aseguraría de que me golpearan y mutilaran para que no pudiera satisfacer a una mujer en la cama ni darle hijos.

—¿Dijo eso? –Natasha suspiró con horror.

—Hubo más –Alex hizo una mueca–. Añadió que lo que le había ocurrido a mi padre no sería nada en comparación. Me hizo saber que el accidente de mi padre no había sido tal.

—¡Ay, Dios –se llevó la mano a la boca.

—Me pareció claro que había algo más que una rivalidad de negocios. Así que enseñé la carta a mi padre y me confesó su aventura con Theodosia Papadimos y que había habido una hija de esa relación. Dejó claro que tenía que olvidarte porque el riesgo era demasiado. Desde entonces, Iorgos ha sido mi sombra. No volví a permitirme pensar en ti hasta que Basilis Papadimos murió.

Alex movió la cabeza con pesar.

–Cuando tus hermanos sugirieron sellar el pacto entre nuestras empresas con un matrimonio, vi el cielo abierto. Olvidé la cautela y pedí que reformaran el *Selene* para nuestra luna de miel y amplié las reformas de la casa de Alyssos. Sólo podía pensar que mi sueño iba a hacerse realidad. Tú eras mi sueño, Natasha *mu*.

Hizo una pausa y su voz se volvió áspera.

–Entonces recibí la segunda carta y me destrozó. Fue como perderte una segunda vez, para siempre. A esas alturas sabía que tus hermanos renegarían del trato y estaba airado además de dolido. Decidí aceptar los favores sexuales que ofrecías hasta cansarme de ti.

Agarró su mano y la miró a los ojos.

–Comprobé que eras inocente y, aunque me odié por lo que había hecho, no pude dejarte ir. Cuando te encontré esperándome en el *Selene*, esa primera noche, vestida de blanco, me sentí completo. Y te pedí que te casaras conmigo.

–Pero no dijiste nada de eso –le tembló la voz–. Hablaste de... compensarme y de la posibilidad de que estuviera embarazada. Dijiste que no querías que las mujeres se enamorasen de ti.

–Intentaba protegerme, pequeña. Creía que me odiabas. No me dejabas acercarme a ti. Incluso en la isla, temía que sólo buscaras el sexo, no mi amor. Cuando dijiste que estar conmigo había sido insoportable casi perdí la esperanza.

—Durante tres años recordé cómo me habías mirado —confesó ella—. Soñaba contigo, pero no sabía por qué. Tenía miedo de no ser más que otro cuerpo en tu cama. Una de muchas.

—No soy ningún santo, pero te juro que he sido más selectivo de lo que crees —dejó el sofá y se arrodilló ante ella—. He sido tuyo desde que te conocí, Natasha, y tú mía. Mi mujer, mi esposa y el amor de corazón. Ahora y para siempre —sus ojos oscuros la miraron suplicantes—. ¿Me aceptarás como esposo?

—Alex —musitó—. Cariño, he sido muy infeliz sin ti. Te quiero muchísimo, más de lo que podrías llegar a imaginar.

Él se puso de pie y la levantó. Luego la besó con ternura.

—Tienes que vestirte, mi amor. Le he prometido a la señora Papadimos que te llevaría con ella.

—¿Tía Theodosia está en Londres?

—Ha venido a comprar su vestido de boda, con la esperanza de ayudarte a elegir el tuyo. Y para ser tu carabina —movió la cabeza—. Mi padre y ella perdonarán mi comportamiento anterior con la condición de que te respete hasta nuestra noche de bodas. Tendrás tu cortejo formal.

—Formal y breve, espero, señor Alexandros —se puso de puntillas y besó sus labios.

—Vergonzosamente breve —rió él—. Tienes mi palabra. Y cuando te tenga a ti, te mantendré a salvo para siempre.

—Lo sé, mi amor —sonrió ella—. Lo sé.

Bianca

Un playboy argentino...
¡y una chica de los establos embarazada!

El multimillonario jugador de polo Diego Ortega ha recorrido el mundo entero y ha estado con innumerables mujeres. La dulce belleza de la británica Rachel Summers ha saciado su apetito... por lo que no comprende por qué su cuerpo sigue deseándola.

Rachel es consciente de que no es el tipo de mujer que le gusta a Diego... No es muy sofisticada, es una simple chica de campo. Pero eso no significa que deba mostrar todas sus cartas. Había mantenido en secreto su virginidad antes de que se acostara con ella... ¡pero ahora debe decirle que está embarazada de él!

Dulce belleza

Chantelle Shaw

¡YA EN TU PUNTO DE VENTA!

Acepte 2 de nuestras mejores novelas de amor GRATIS

¡Y reciba un regalo sorpresa!

Oferta especial de tiempo limitado

Rellene el cupón y envíelo a
Harlequin Reader Service®
3010 Walden Ave.
P.O. Box 1867
Buffalo, N.Y. 14240-1867

¡Sí! Por favor, envíenme 2 novelas de amor de Harlequin (1 Bianca® y 1 Deseo®) gratis, más el regalo sorpresa. Luego remítanme 4 novelas nuevas todos los meses, las cuales recibiré mucho antes de que aparezcan en librerías, y factúrenme al bajo precio de $3,24 cada una, más $0,25 por envío e impuesto de ventas, si corresponde*. Este es el precio total, y es un ahorro de casi el 20% sobre el precio de portada. ¡Una oferta excelente! Entiendo que el hecho de aceptar estos libros y el regalo no me obliga en forma alguna a la compra de libros adicionales. Y también que puedo devolver cualquier envío y cancelar en cualquier momento. Aún si decido no comprar ningún otro libro de Harlequin, los 2 libros gratis y el regalo sorpresa son míos para siempre.

416 LBN DU7N

Nombre y apellido	(Por favor, letra de molde)	
Dirección	Apartamento No.	
Ciudad	Estado	Zona postal

Esta oferta se limita a un pedido por hogar y no está disponible para los subscriptores actuales de Deseo® y Bianca®.
*Los términos y precios quedan sujetos a cambios sin aviso previo.
Impuestos de ventas aplican en N.Y.

SPN-03 ©2003 Harlequin Enterprises Limited

Deseo

Juego seductor
MAUREEN CHILD

Durante tres años, ella había sido la imagen que turbaba sus sueños. El recuerdo de un apasionado y anónimo encuentro empujó al magnate Jesse King a regresar a Morgan Beach, California. Estaba decidido a encontrar a esa mujer misteriosa para poseerla una vez más. Un King jamás perdía.

Bella Cruz no se alegraba en absoluto de ver de nuevo a Jesse King. El millonario la había seducido, abandonándola después... ¡y ni siquiera la reconocía! Pero como era su nuevo casero, debía tener contacto con él. Esperaba que Jesse no descubriera su identidad porque, si así fuera, Bella jamás podría negarse a su seducción.

Había vuelto para reclamarla

¡YA EN TU PUNTO DE VENTA!

Bianca

¡Él le arrebató su virginidad por venganza!
¡Ahora la llevará al altar!

El multimillonario Vicenzo Valentini creía que Cara Brosnan había tenido un papel determinante en la muerte de su hermana, y la buscó para hacérselo pagar. La sedujo, le reveló su identidad... y después la rechazó cruelmente.

Pero Cara no había hecho nada malo. Se sentía avergonzada por haberle entregado su virginidad al despiadado Vicenzo y, por si eso fuera poco, acababa de descubrir que estaba embarazada. Ahora el italiano con un oscuro corazón volvía a reclamarla, pero en esta ocasión ¡como su esposa!

Rechazo cruel

Abby Green

¡YA EN TU PUNTO DE VENTA!